MARESI

MARIA TURTSCHANINOFF

MARESI

CRÓNICAS DE LA ABADÍA ROJA

Traducción de Elda García-Posada

ALFAGUARA

Papel certificado por el Forest Stewardship Council®

MIXTO
Papel procedente de fuentes responsables
FSC® C117695

Penguin Random House Grupo Editorial

Título original: *Maresi. Krönikor från Röda Klostret*

Primera edición: junio de 2023

Printed in Spain – Impreso en España

ISBN: 978-84-204-5318-7
Depósito legal: B-7.858-2023

Compuesto en Punktokomo, S. L.
Impreso en Rodesa
Villatuerta (Navarra)

AL5318B

A Alexandra, mi hermana

Mi nombre es Maresi Enresdotter y escribo esto en el año decimonoveno del mandato de la Trigésima Segunda Madre. Llevo cuatro años en la Abadía Roja y durante este tiempo he leído casi todos los antiguos textos sobre la historia de este lugar. La hermana O dice que lo que aquí relato debe agregarse a las escrituras ancestrales. Me resulta extraño, pues yo solo soy una novicia, no una abadesa ni una hermana experimentada. Pero ella insiste en la importancia de que sea precisamente yo, en calidad de testigo, quien narre lo que ocurrió. No se debe confiar en las historias contadas de oídas.

Tampoco soy escritora, todavía no. Pero lo habré olvidado todo si espero a alcanzar la madurez como narradora, a ser capaz de poner por escrito lo sucedido de una forma apropiada. Por eso he de consignar mis recuerdos ahora, mientras aún se despliegan con nitidez y claridad ante mí. No ha pasado mucho tiempo, apenas una primavera, e incluso aquello que me gustaría olvidar permanece fresco en mi memoria. El olor de la sangre. El crujir de los huesos. No querría evocar todo aquello de nuevo, pero tengo que hacerlo. Por muy complicado que sea hablar sobre la muerte; que algo resulte difícil no es excusa para no afrontarlo.

Escribo para que la Abadía no lo olvide. Escribo también para entender yo misma cómo sucedió todo. Leer siempre me ha ayudado a comprender mejor el mundo. Espero que lo mismo me ocurra con la escritura.

Mi mayor preocupación es la elección de las palabras. ¿Cuáles evocan mejor las imágenes sin distorsionarlas ni embellecerlas? ¿Cuánto pesan esas palabras? Haré todo lo posible para describir lo que sea esencial para mi historia y omitir lo irrelevante; que la Diosa me perdone si no logro triunfar siempre en mi empeño.

Asimismo, cuesta dilucidar dónde comienza y dónde termina una historia. No sé en qué momento situar el final de este relato. El principio, no obstante, es fácil: todo empezó cuando Jai llegó a la Abadía.

Aquella mañana de primavera en que Jai llegó, yo me hallaba en la playa recogiendo mejillones. Con la cesta medio llena, me había sentado en una roca a descansar un rato. La playa estaba aún cubierta por la sombra, dado que el sol todavía no había subido por la montaña llamada la Dama Blanca. Bajo las plantas de mis pies, fríos por el agua, los redondeados cantos de la orilla repiqueteaban según se mecían hacia delante y hacia atrás al compás de las olas. Un koan patirrojo saltaba en el borde del agua, también en busca de mejillones. El ave zancuda acababa de ensartar una concha con su largo pico cuando cerca de Los Dientes, una formación de altas y estrechas rocas que sobresale del mar, apareció una pequeña embarcación.

Los barcos pesqueros pasan por allí varias veces cada mes lunar, así que lo más probable es que no le hubiera dado importancia a su aparición de no ser por la extraña dirección de la que procedía. La mayoría de los pescadores que comercian con nosotras vienen de tierra firme, al norte, o de las aguas al este de la isla, donde se hallan los grandes bancos de peces. Sus embarcaciones, además, tienen un aspecto bastante diferente: son pequeñas y están pintadas de blanco, con velas tan azules como el cielo y una tripulación de no más de dos o tres hombres.

Los que nos traen víveres y suministros del continente —y, en ocasiones, nuevas novicias— son, por otro lado, lentos y de proa redondeada, y a menudo se hallan tripulados por guardias para hacer frente a los piratas. Yo misma había llegado en uno de ellos cuatro años antes. Era la primera vez que veía el mar.

De modo que ni siquiera sabía el nombre del tipo de barco que en aquel momento rodeaba Los Dientes y se acercaba derecho a nuestro puerto. Solo los había visto un puñado de veces. Vienen de países muy al oeste, Emmel y Samitra, o de tierras aún más lejanas.

De todos modos, esos barcos suelen venir del continente, por la misma ruta que los pesqueros; navegan a lo largo de las costas y solo se aventuran en aguas tan profundas cuando es necesario. Nuestra isla es muy pequeña, así que, si no siguen el itinerario habitual, es difícil encontrarla. La hermana Loeni dice que la Primera Madre es quien oculta la isla. La hermana O, en cambio, resopla y murmura algo sobre la ignorancia de los marineros. Yo creo que es la propia isla la que se esconde. Y, sin embargo, rodeando Los Dientes y llegando casi en línea recta desde el oeste, aquel navío había conseguido dar con nosotras. Sus velas, igual que su deslustrado casco, eran grises. Un color difícil de distinguir dentro de la propia grisura del mar. Se trataba de un barco que no quería anunciar su llegada.

Cuando vi que se dirigía hacia nuestro pequeño puerto, me levanté de un salto y eché a correr por la pedregosa playa. Me temo que olvidé tanto la cesta como los mejillones. Por eso la hermana Loeni siempre me está regañando. «Eres demasiado impulsiva, Maresi —me dice—. Mira a la

Madre. ¿Tú crees que dejaría así sus quehaceres diarios?».

No lo creo. Pero no la veo yo a ella con los pantalones arremangados ni con algas entre los dedos de los pies ni la espalda inclinada sobre una cesta de mejillones. Seguro que alguna vez le tocó hacerlo, cuando era pequeña, como yo. Aunque la verdad es que tampoco me imagino a la Madre de niña.

La hermana Veerk y la hermana Nummel estaban en el muelle, listas para recibir a la tripulación, contemplando las velas grises del barco. No me habían visto llegar, de modo que me acerqué en silencio y con cuidado de que los crujientes tablones del embarcadero no me delataran. Me pregunté qué estaría haciendo allí la hermana Nummel. La hermana Veerk se ocupa normalmente de negociar con los pescadores, pero la hermana Nummel está a cargo de las novicias de menor edad.

—¿Es esto lo que la Madre profetizó? —preguntó la hermana Nummel cubriéndose los ojos con la mano a modo de visera.

—Podría ser —respondió la hermana Veerk sin querer especular sobre algo que no sabía con certeza, como era habitual en ella.

—Espero que no sea así. Las palabras de la Madre durante el trance fueron difíciles de interpretar, pero el mensaje era claro —replicó la hermana Nummel mientras se alisaba el pañuelo de la cabeza—. Peligro. Un gran peligro.

Un tablón crujió bajo mis pies. Las dos hermanas se dieron la vuelta. La hermana Nummel frunció el ceño:

—Maresi. ¿Qué haces aquí? Se supone que hoy tenías que trabajar en la Casa del Fuego Sagrado.

—Sí… —respondí sin saber muy bien qué decir—. Estaba recogiendo mejillones, pero entonces vi el barco…

—Mirad, están plegando las velas —señaló la hermana Veerk.

Las tres observamos en silencio cómo el barco maniobraba y acababa por acoplarse al muelle. Resultaba extraño que la tripulación estuviera formada por tan pocas personas. El anciano que se encontraba en la proa, con barba y túnica azul, debía de ser el capitán, supuse. Aparte de él, solo vi a otros tres hombres, todos con rostros duros y expresiones severas. El capitán bajó primero y la hermana Veerk se adelantó para hablar con él. Intenté acercarme con sigilo para oír lo que decían, pero la hermana Nummel me cogió con firmeza del brazo. Al cabo de un rato, la hermana Veerk regresó junto a nosotras y le susurró algo a la hermana Nummel, quien me agarró de inmediato y me alejó del embarcadero.

Aunque fui con ella sin protestar, no pude frenar mi curiosidad. Quería ser yo la que diera la noticia a las demás novicias. Así que, retorciéndome un poco, conseguí girar la cabeza y avistar que el capitán ayudaba a alguien a desembarcar y poner pie en el muelle: una figura menuda cuyos rubios y enredados cabellos caían en forma de cascada sobre unos delicados hombros. La chica llevaba puesto un sayo sin mangas de color marrón encima de una camisa que, en algún momento, debió de ser blanca. Las prendas se hallaban rotas y desgastadas y, aunque al principio pensé que el sayo estaba hecho de seda gruesa, nada más moverse, me di cuenta de que su rigidez se debía a la suciedad. No pude ver su rostro, pues miraba al suelo todo el rato, como si tuviera que estudiar con cuidado cada paso que daba, como si no confiara en la firmeza del suelo que había bajo sus pies. En aquel momento no lo supe, pero aquella era Jai.

No entendía por qué la hermana Nummel se había apresurado en alejarme del muelle de tal modo. Más tarde, ese mismo día, Jai apareció en la Casa de las Novicias y se unió al resto de nosotras. Su larga cabellera aún no estaba limpia, pero sí peinada y lisa. Ya se hallaba vestida como las demás: calzas marrones, sayo blanco y pañuelo del mismo color en la cabeza. Si no hubiera sido testigo de su llegada, nunca habría dicho que fuera diferente.

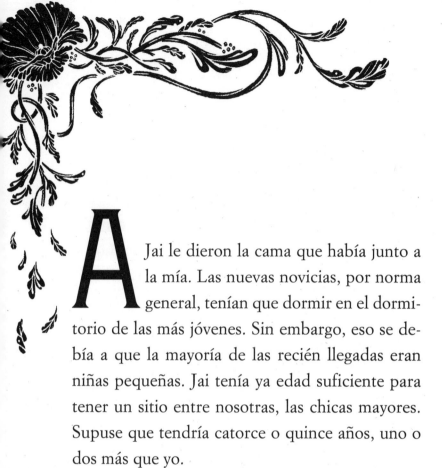

A Jai le dieron la cama que había junto a la mía. Las nuevas novicias, por norma general, tenían que dormir en el dormitorio de las más jóvenes. Sin embargo, eso se debía a que la mayoría de las recién llegadas eran niñas pequeñas. Jai tenía ya edad suficiente para tener un sitio entre nosotras, las chicas mayores. Supuse que tendría catorce o quince años, uno o dos más que yo.

La cama de al lado estaba libre porque Joem acababa de mudarse a la Casa del Fuego Sagrado para entrar al servicio de la hermana Ers. Sus novicias son las únicas que no duermen en la Casa de las Novicias. Tienen que mantener ardiendo el Fuego Sagrado, que nunca debe extinguirse, y hacer ofrendas a Havva cada vez que toca. Joem se siente muy especial por haber llegado a ser una Sierva del

Fuego Sagrado y lleva orgullosa sus marcas de hollín en las mejillas, como si fueran una medalla. Está segura de que sucederá a la hermana Ers como Maestra del Fuego Sagrado y de que, de ese modo, sus marcas pasarán a convertirse en tatuajes de por vida. Pero la hermana Ers es joven, así que, si eso es lo que ella quiere, tendrá que esperar aún mucho tiempo. Yo sé que Joem cree que todas la envidian. Cuando llegué a la isla por primera vez, no podía imaginarme nada mejor que vivir en la Casa del Fuego Sagrado, siempre rodeada de comida. Mi estómago era incapaz de olvidarse del Invierno del Hambre que habíamos soportado en casa. Sin embargo, no tardé en cambiar de opinión cuando me di cuenta de lo estricta que era la hermana Ers. De hecho, nunca les permitía a las novicias una ración extra. Imaginaos lo que es estar constantemente manipulando y oliendo alimentos, pero ¡no poder comerlos! Además, Joem hablaba en sueños. No la echaba de menos.

Jai se sentó en su cama y, nada más hacerlo, todas las novicias, las de menor edad y las mayores, se acercaron en tropel a su alrededor, como siempre hacemos cuando llega una nueva. Las más pequeñas admiraban sus largos y rubios cabellos, los cuales sobresalían del pañuelo de lino. Estos velos que llevamos en la cabeza son para protegernos del fuerte sol de la isla, pero, por debajo, el pelo nunca ha de ir recogido. De hecho, nunca nos lo cortamos. Es la base de nuestra fuerza, según dice la hermana O.

Las chicas mayores le preguntaron de dónde era, cuánto tiempo había durado su travesía y si alguna vez antes había oído hablar de la Abadía Roja. Jai permaneció quieta y sentada durante las preguntas. Su tez de por sí ya era más clara que la de la mayoría, pero además presentaba una palidez inusual. La piel que le rodeaba los ojos era fina y oscura, casi morada, como los pétalos de las violetas en primavera. No dijo ni una sola palaba ni respondió a ninguna pregunta. Solo se limitó a mirar a su alrededor.

—Ya es suficiente —dije levantándome de mi cama—. Todas tenéis tareas que hacer, así que, venga, marchaos ya.

Todas obedecieron. Me resulta gracioso pensarlo, pero, cuando llegué aquí, siempre estaba metiendo la pata y nadie me habría hecho el más mínimo caso. Ahora, en cambio, soy una de las pocas veteranas de la Casa de las Novicias que todavía no han sido asignadas a una casa o a una hermana en concreto. Yo era una de las novicias de mayor antigüedad. La única que llevaba más tiempo que yo y que todavía no tenía una hermana asignada era Ennike.

Le enseñé a Jai cuál era su armario, le mostré su ropa limpia apilada dentro, le dije dónde estaban las letrinas y la ayudé a poner sábanas nuevas en su cama. Ella escuchó con atención todo lo que le conté, pero continuó sin decir ni una palabra.

—Hoy no tienes que hacer ninguna tarea si no quieres —le indiqué, al tiempo que doblaba las esquinas de su colcha—. Luego, debes venir al Templo de la Rosa a dar las gracias vespertinas, pero no te preocupes, yo te enseñaré todo lo que necesitas saber. Ahora ya es casi la hora de la cena. Ven, te mostraré el camino a la Casa del Fuego Sagrado.

Jai seguía sin articular sonido alguno.

—¿Entiendes lo que te digo? —le pregunté con suavidad.

Tal vez venía de algún lugar tan lejano que ni siquiera hablaba ninguna de las lenguas de la costa. Eso mismo me pasó a mí cuando llegué a la isla la primera vez. Allí, en el norte, en tierras como Rovas, Urundia o Lavora, hablamos un idioma diferente al de aquí, junto al mar. Las lenguas costeras son bastante similares entre sí. Las personas que las hablan pueden entenderse, aunque la pronunciación y ciertas palabras difieran un poco. La hermana O dice que las relaciones comerciales y los intereses mutuos entre las distintas tierras es lo que ha hecho que todas acaben guardando una estrecha relación. Mi primer año en la Abadía fue duro hasta que aprendí el idioma.

Entonces, Jai asintió y, de repente, abrió la boca.

—¿Es cierto que no hay hombres aquí? —preguntó con una voz inesperadamente ronca y un acento que jamás había escuchado hasta la fecha.

—Nunca —respondí negando con la cabeza—. A los hombres les está vetado el acceso a la isla. Los pescadores con los que comerciamos no ponen un pie en tierra. La hermana Veerk les compra la captura directamente en el embarcadero. Tenemos animales macho, por supuesto. Un gallo con muy mal genio y algunos machos cabríos. Pero hombres no.

—¿Y cómo os las arregláis? ¿Quién cuida de los animales, trabaja la tierra y os protege?

Acto seguido, la conduje hasta las altas y estrechas puertas del dormitorio. Hay tantas puertas aquí, cada una diferente de la anterior... Puertas que te dejan fuera, que te encierran dentro; puertas que protegen, esconden, ocultan, encubren. Todas me contemplan con sus brillantes herrajes de hierro, clavan en mí los ojos de sus cerraduras, me lanzan miradas altivas desde sus tallas ornamentales. Un día cualquiera de la semana cruzo el umbral de, por lo menos, veinte puertas.

En casa teníamos solo dos. La de la cabaña y la de la letrina. Ambas estaban hechas de tablones de madera y colgaban de unas bisagras de cuero que padre había hecho. Por la noche, atrancaba la puerta de la cabaña por dentro con una gran viga. La letrina también podría cerrarse con un pestillo desde el interior. Mi hermano Akios solía abrirla desde fuera con un palito y mi hermana Náraes le respondía gritándole que nos dejara en paz.

—Nosotras no cultivamos la tierra. La isla es demasiado rocosa. Compramos y nos traen todo lo que necesitamos desde el continente. Pero sí que tenemos algunas huertas y olivares, y las hermanas cultivan los viñedos de los que se obtiene el vino del Templo Solitario. Solo lo bebemos unas cuantas veces al año, durante los festivales y rituales —le expliqué a Jai mientras la guiaba por el pasillo de la Casa de las Novicias.

Al cabo de unos minutos, salimos al cálido sol de la tarde. Nada más hacerlo, me quité el pañuelo de la cabeza y me protegí la vista con él. La hermana Loeni no aprueba que haga eso, dice que es impropio, pero no me gusta que me dé la luz tan intensa en los ojos.

—No necesitamos protección —continué—. Pocos se aventuran a navegar hasta tan lejos. ¿No te has fijado en lo empinada que es la montaña que se levanta junto a la Abadía y en el muro tan alto que la rodea? Solo hay dos puertas de entrada. Una, el portalón con grandes cerrojos por el que tú has entrado. Y dos, el llamado Portón de las Cabras, allí, en el muro que da a la ladera de la montaña.

Señalé con el dedo en esa dirección.

—Conduce a un sendero que seguimos cuando sacamos a las cabras a pastar. Por él se va al Templo Solitario, a la Dama Blanca y a nuestras huertas. Es muy difícil encontrar la puerta desde el otro lado si una no sabe de antemano dónde está. Y ha pasado mucho tiempo ya desde la última vez que los piratas atacaron la Abadía. Ocurrió cuando llegaron las Primeras Hermanas, razón por la cual construyeron el muro exterior. Pero no ha vuelto a suceder desde entonces. La Abadía es, además, el único asentamiento humano que hay en la isla. No hay nadie de quien debamos protegernos.

Dibujé con mi dedo índice derecho un círculo sobre mi palma izquierda, el signo que usábamos para alejar la mala suerte.

—Todas somos servidoras de la Primera Madre —concluí—. Ella nos protege en caso de necesidad.

El patio central estaba vacío. Todo el mundo debía de haber ido ya a la Casa del Fuego Sagrado.

Es lo que siempre ocurre en cuanto se ha corrido la voz de que hay pescado fresco. Antes de venir aquí, yo no había comido más que pescado seco. Solo en un par de ocasiones y apenas me había sabido a nada. Pero la hermana Ers usaba hierbas y especias raras en la cocina de la Casa del Fuego Sagrado. La primera vez que me llevé a la boca una cucharada de su estofado, el sabor fue tan desconocido para mí que casi lo escupo en el acto. Lo único que me detuvo fue la mirada de desaprobación en el rostro vigilante de las hermanas. Lo cual fue una suerte. Si lo hubiera escupido, habría dejado en evidencia, sin querer, mi ignorancia delante de todas. Recuerdo lo embarazoso del momento y lo provinciana que me sentí, porque de hecho lo era. Sin embargo, con el tiempo, acabé por familiarizarme con los sabores más inusuales imaginables: canela de Oriente, bledos de las tierras del norte, iruka amarillo y orégano salvaje procedente de las laderas de nuestras propias montañas.

Miré a Jai. Ella debía de sentirse tan incómoda como yo cuando llegué a la isla. Así que traté de darle una palmadita en el brazo para animarla un poco. Sin embargo, ella se estremeció rápidamente como si fuera a golpearla. A continuación, se quedó petrificada y escondió el rostro entre las manos. Sus mejillas adquirieron una palidez aún mayor que antes.

—No tengas miedo —le dije con suavidad—. Solo quiero mostrarte los diferentes edificios. Mira, ese es el Manantial del Cuerpo. Mañana empezarás a familiarizarte con él.

Esos escalones conducen al patio del templo, a la Casa del Conocimiento, a la Casa de las Hermanas y al Templo de la Rosa. Se les conoce por el nombre de Escalones del Ocaso porque están orientados hacia el oeste.

Vi a Jai mirar a través de sus dedos, así que seguí hablando.

—A esa larga y estrecha escalera la llamamos Escalera de la Luna. ¡Tiene doscientos setenta peldaños! Yo misma los conté. Conducen al Patio de la Luna y a la Casa de la Luna. Los aposentos de la Madre están allí arriba. ¿La has conocido ya?

Jai bajó las manos de la cara y asintió. Sabía que había conocido a la Madre. Es lo primero que hacen todas las chicas tan pronto llegan a la Abadía. En realidad, se lo pregunté porque quería que se relajara.

—No tenemos motivos para ir allí muy a menudo. Mira, ahora vamos a subir los Escalones del Alba. Llevan a la Casa del Fuego Sagrado y al almacén. Ven.

Tenía miedo de cogerla de la mano para guiarla, así que me conformé con caminar delante de ella y esperar a que me siguiera. Eso fue lo que hizo, unos pocos pasos por detrás. Yo seguí parloteando para mantenerla tranquila, igual que hago con las gallinas cuando tengo que recoger los huevos. La hermana Mareane se ríe de mí, pero me deja hacerlo. La hermana Loeni, en cambio, siempre me está diciendo que me calle. Pero la hermana Mareane sabe que una voz suave es capaz de calmar a los animales que se asustan con facilidad.

—¡Espera y verás lo bien que comemos aquí! La primera vez que alguien me dijo que teníamos carne o pescado para cenar todos los días, me reí en su cara. Pensaba que estaba bromeando. ¡Comer carne todos los días! Pero no es ninguna broma.

Suele ser pescado o carne de nuestras propias cabras. Algunas novicias se cansan de tanta carne de cabra. Yo no. Es increíble la cantidad de cosas deliciosas que sabe preparar la hermana Ers: salchichas de cabra, chuletón de cabra, estofado de cabra, embutido de cabra… Y leche de cabra, por supuesto. A partir de la cual hace luego todo tipo de quesos. Las gallinas las tenemos sobre todo por los huevos, aunque a veces alguna que otra acaba en la olla de la hermana Ers. Ella es quien se encarga de la Casa del Fuego Sagrado. Como pronto descubrirás por ti misma, cada una de las hermanas tiene sus responsabilidades —le conté mientras, medio resoplando y jadeando, antes de encarar los últimos escalones.

Cuando llegamos al patio que se encontraba frente a la Casa del Fuego Sagrado, notamos enseguida el olor a pescado blanco y a huevos cocidos. Mi estómago comenzó a rugir. Por mucho que coma, nunca parece saciarse. Ha sido así desde el Invierno del Hambre.

—Aquí todas comemos lo mismo —dije acercándome a la entrada de la Casa del Fuego Sagrado—. Desde la novicia más joven hasta la mayor de las hermanas y la mismísima Madre. Solo las hermanas del Templo Solitario comen por su cuenta. Las novicias comemos primero, luego las hermanas. Lo mismo ocurre con el aseo, como verás mañana por la mañana.

Abrí la puerta de la Casa del Fuego Sagrado que, como siempre, olía a pan. De hecho, cuando entré allí por primera vez, no pude resistir la tentación de lamer la madera color avellana para ver si también sabía a pan. La hermana O estuvo toda una luna regañándome por mi estupidez. Ahora soy mayor y ya no hago tantas tonterías. Pero el caso es que la puerta todavía sigue oliendo a pan.

Jai estaba de nuevo en completo silencio. Definitivamente, le había hablado demasiado. Eso desde luego era lo que diría la hermana Loeni. Pero Jai ya no parecía tan tensa y desorientada. Se sentó a mi lado y dejó que Joem le sirviera una porción de pescado blanco y un huevo cocido con raíz de korr estofada procedente de las laderas del sur de la isla. Me alegró que hubiera eso de cenar y no repollo. Suele haber una gran cantidad de repollo en nuestra dieta.

Cuando terminamos de comer, me recosté en el banco y me di unas palmaditas en mi henchida barriga.

—Nadie en casa me creería si les dijera lo bien que comemos aquí.

Me duele pensar que mi familia tiene menos para comer que yo en la Abadía. Incluso puede que pasen hambre a veces. Están tan lejos que no sé cómo ha ido el invierno este año o la cosecha ni si tienen comida en la mesa. Solo espero que con una boca menos que alimentar les quede más para repartir entre todos. Podría escribirles una carta, pero nadie en casa sabe leer. Además, ni siquiera sé cómo la haría llegar a una pequeña granja como la nuestra en el extremo norte del gran valle de Rovas.

Me sacudí la pena de encima y sonreí a Jai para infundirle ánimo.

—No pienses en el pasado. Ahora estás con nosotras. Aquí no todo es tan estricto como te hayan podido contar. Después de la cena, tenemos tiempo libre.

A nuestro alrededor, las novicias se movían bajo la atenta mirada de la hermana Ers, llevaban sus tazas y sus platos al fregadero y limpiaban la larga mesa con el fin de que estuviera presentable para cuando llegara el turno de comer de las hermanas. Al cabo de uno segundos, Jai y yo hicimos lo mismo, cogimos nuestros respectivos platos y tazas y nos pusimos en fila para ir al fregadero.

—A muchas novicias les gusta bajar a la playa por la noche para nadar o coger conchas —le conté—. Otras prefieren deambular por las montañas, recoger flores y disfrutar de las vistas. Muchas hacen los deberes de lectura que les mandan la hermana O o la hermana Nummel. Otras se ponen a charlar o a jugar.

Depositamos nuestros platos en una tina de agua fría. Fuimos las últimas en irnos de la trascocina y salir al sol de la tarde. Se oían los balidos procedentes del establo. Era casi la hora de ordeñarlas. Varias hermanas se encaminaban, sumidas en una profunda conversación, hacia los Escalones del Ocaso para cenar. Debía darme prisa si quería llegar a la habitación de la hermana O antes de que ella se fuera.

—Sabes cuál es el camino de vuelta a la Casa de las Novicias, ¿verdad? Puedes hacer lo que quieras hasta que sea la hora de las gracias vespertinas en el Templo de la Rosa.

—¿Puedo ir contigo? —preguntó ella al tiempo que se ponía de pie con las manos entrelazadas delante del cuerpo y los ojos fijos en el suelo.

La voz ronca de Jai me sorprendió de nuevo. Se me encogió el corazón. No quería que viniera conmigo. Mi actividad de la tarde era solo mía. Nunca la había compartido con nadie.

—Solo te aburrirías —repliqué un tanto vacilante—. Ya ves, yo…

Ella se quedó completamente inmóvil. Sus manos se agarraron tan fuerte entre sí que los nudillos se le pusieron blancos. No me miraba a los ojos. No tuve el valor suficiente como para negarle un poco de compañía en su primera noche a una chica solitaria y recién llegada a un lugar extraño.

—Por supuesto que puedes unirte a mí si quieres… —le dije con una sonrisa; ella levantó la vista de inmediato—. ¡Vamos, será mejor que nos demos prisa!

Enseguida eché a correr y comencé a bajar los Escalones del Alba. Choqué con varias hermanas y mascullé unas atropelladas disculpas conforme iba dejándolas atrás. La hermana Loeni, de hecho, recibió tal empujón que el pañuelo de la cabeza casi se le cae.

—¡Maresi! ¡Mira por dónde vas! Como la Madre se entere de... —exclamó arrugando la cara de esa manera tan particular en ella, que hace que incluso su prominente barbilla se contraiga

Las palabras de su reprimenda se desvanecieron en la distancia según me alejaba corriendo por los irregulares adoquines del patio central y subía a toda prisa los Escalones del Ocaso mientras Jai me seguía bien de cerca.

El patio del templo tiene edificios en tres de sus lados y lo que hay debajo del cuarto vendría a ser el techo de la Casa de las Novicias. Al oeste, en dirección al muro, está la Casa de las Hermanas. Al este, hacia la ladera de la montaña, está el hermoso Templo de la Rosa. Y al norte se encuentra el edificio más antiguo de la Abadía: la Casa del Conocimiento. Detrás de ella, está el Patio del Conocimiento, con su solitario limonero. Contiguo a este, se halla el Jardín del Conocimiento, protegido de los vientos marinos por unos muros bajos.

Corrí hasta la Casa de las Hermanas, abrí la puerta y continué a toda velocidad por el pasillo en dirección a la habitación de la hermana O. Podía escuchar los pasos de Jai detrás de mí.

Para llamar a su puerta hay que darle a una pequeña aldaba de latón con forma de serpiente que se muerde su propia cola. Cuando le pregunté a la hermana O sobre aquella extraña figura, en su rostro se dibujó una media sonrisa antes de responderme que se trataba de su guardián. He aprendido a no hacerle demasiadas preguntas a la vez. Sin embargo, tomé la determinación de algún día averiguar lo que quería decir exactamente con eso.

—Adelante —respondió la hermana O de forma severa, como siempre.

Tras abrir la pesada puerta de roble, la hallé sentada frente a un escritorio grande, bajo un ventanal que daba al oeste, inclinada sobre montones de libros y pergaminos. Sus dedos estaban salpicados de tinta negra y llevaba los brazos cubiertos por una tela de lino para no mancharse la camisa.

Por lo general, cuando ve que soy yo, se limita a levantar las cejas y señalarme la llave que cuelga de un gancho en la pared debajo del candelabro. Sin embargo, cuando vio a Jai de pie detrás de mí, bajó la pluma y se enderezó.

—¿Quién es? —preguntó con su característica brusquedad.

Acto seguido, me hice a un lado para que pudieran verse la una a la otra. Noté que Jai se estremecía.

—Esta es Jai. Ha llegado hoy. Voy a enseñarle la Cámara del Tesoro.

No pude evitar sonrojarme. Trato de no usar ese término con nadie más. Es solo un nombre infantil que le di a esa estancia la primera vez que vi lo que había allí. Sé que la llave no abre la puerta a ningún tesoro. Pero para mí es el mejor sitio de toda la isla.

La hermana O ya había vuelto al trabajo y, tras hacer de nuevo un gesto para señalar la llave, pasó una nueva página del libro que tenía frente a ella. Creo que la mayor parte de los días se olvida de ir a cenar.

Descolgué la llave. Era tan grande como mi mano y estaba bellamente ornamentada. Siempre la cojo de la misma manera, la agarro con firmeza por el elegante mango. Le hice una seña a Jai para que saliera de la estancia y cerré la puerta detrás de mí sin hacer ruido. Entonces sonreí. No pude evitarlo. Siempre me invade la misma sensación de nerviosismo y emoción.

La Cámara del Tesoro está en la Casa del Conocimiento, pasando las aulas, al otro extremo del largo y resonante pasillo de piedra. Por las tardes, el edificio está vacío y las puertas de las clases se hallan cerradas. En una ocasión, Ennike me preguntó que cómo me atrevía a ir allí sola después de la puesta del sol, cuando no hay nadie y todo está en silencio. Nunca se me había ocurrido tener miedo. Tampoco sé qué razón podría haber para tenerlo.

Aquella era la primera vez que estaba allí de noche con otra persona, cosa que en cierto modo me molestaba. Casi nunca podíamos estar a solas en la Abadía, así que mi rato en la Cámara del Tesoro constituía el único momento del día que era total y absolutamente mío. Pero estaba tratando de ser amable con Jai. Además, era probable que a ella ni siquiera le apeteciera volver a visitarla una vez la hubiera visto, pensé. Podría ser que se encontrara un gato de los que andan sueltos por la Abadía con quien jugar o alguna otra novicia con quien charlar. Aunque, la verdad sea dicha, no parecía una persona muy habladora, precisamente.

Como todas las habitaciones en la Casa del Conocimiento, la Cámara del Tesoro tiene unas altas y estrechas puertas dobles. Están fabricadas de una madera de color marrón rojizo, bien lijada y pulida para que brille. La hermana O se ocupa personalmente de ello. Varias veces cada mes lunar coge una escalera, un cuenco lleno de cera de abejas y un trapo grande y suave y se pone a frotar y a abrillantar. Está claro que no es una de sus tareas oficiales, tal y como deduje al oír a la hermana Loeni emitir ese chasquido de desaprobación tan característico en ella. Pero entiendo por qué lo hace. Hay puertas que sirven para dejarte fuera, otras guardan secretos y otras mantienen encerrado algo peligroso. Estas son como una especie de barrera protectora y de seguridad que se ciñe alrededor de la Cámara del Tesoro. Me encantaría poder ayudar a la hermana O a pulir sus hermosas vetas. Algún día le preguntaré si le importa que lo haga.

Puse la llave en la cerradura. Acto seguido, las puertas con olor a miel se abrieron despacio y sin hacer ruido alguno.

Jai se quedó boquiabierta.

La Cámara del Tesoro es una estancia larga y estrecha. Sus laterales están cubiertos de estanterías que van desde el suelo hasta el techo. Al fondo, en la pared más corta, hay una alta y angosta ventana por la que pasan los rayos del sol de la tarde. Es la ventana más alta que he visto en mi vida y está formada por veintiún paneles de vidrio. La luz se desliza con suavidad por los lomos de los miles de libros que hay en los estantes. Por lo general, siempre que entro, me quedo de pie un momento en la entrada, respirando el olor a polvo, a pergamino viejo, a felicidad. Es la mejor hora del día. La que hace que todo haya valido la pena y que lo siga haciendo. Haber venido a vivir aquí, apartada de mi familia, lejos de nuestro exuberante valle enclaustrado entre imponentes colinas. Irse a la cama noche tras noche con una tristeza tan grande. Comer gachas todas las grises mañanas de invierno. Haber aguantado la reprimenda de las hermanas y de las novicias mayores antes de asimilar las normas de la Abadía, aprender qué cosas estaban permitidas y cuáles no. Apenas entender a la gente que hablaba a mi alrededor durante un año entero. Todo eso y mucho más había valido la pena simplemente por el mero hecho de poder disfrutar de aquel instante, lleno de expectación y de ansia, en el buen sentido de la palabra. Un anhelo que hacía que mis mejillas se sonrojaran y que el corazón se me acelerase.

Jai se acercó a uno de los estantes y, con gran reverencia, comenzó a acariciar el lomo de varios volúmenes con la punta de los dedos. Luego, se volvió hacia mí.

—¡No sabía que existieran tantos libros en el mundo!

—Yo tampoco, hasta que llegué aquí. ¿Sabes leer?

Jai asintió.

—Mi madre me enseñó. Es impresionante cuántos hay… —respondió ella con asombro al tiempo que echaba la cabeza hacia atrás y recorría con la mirada toda la parte superior de la librería.

—Puedes coger y leer el que quieras. Menos esos pergaminos de arriba: son muy antiguos y frágiles. Solo se pueden tocar bajo supervisión de la hermana O.

Ya no pude contenerme más; Jai tendría que cuidar de sí misma. Así que fui en busca del libro que había estado leyendo la noche anterior, y otro y otro más. Me los llevé hasta uno de los escritorios que había debajo de la ventana, donde podía sentarme a leerlos con la luz que entraba por encima de mi hombro. Hay lámparas de aceite por toda la sala, pero no me está permitido encenderlas. No importa. Los rayos del sol iluminan el lugar hasta bien entrada la tarde, casi hasta que es ya de noche. Además, soy joven y tengo buena vista. Puedo incluso leer cuando ha oscurecido. Una vez, me sumergí tanto en la lectura que no me di cuenta de que era la hora de las gracias vespertinas, hasta que me percaté de que la hermana O se hallaba mirándome desde el umbral de la puerta. No sé cuánto tiempo estuvo allí de pie contemplándome, pero, nada más verla, me levanté de un salto y, profiriendo un manantial de disculpas, comencé a colocar los libros en su sitio de forma atropellada. Mi corazón palpitaba a toda velocidad, como el de un pajarillo asustado. La hermana O había estado observándome en silencio, lo cual me daba más miedo que su mal genio habitual. Sin embargo, al acercarme a ella, comprobé que su mirada era amable y que los finos labios se le contraían en una leve sonrisa. Entonces, me acarició el pelo. Era la primera vez que alguien lo hacía desde que me había separado de mi madre. Un nudo en la garganta me impidió articular palabra. Ella me cogió un mechón de cabello castaño, me lo pasó por detrás de la oreja y me dio una suave palmadita en la mejilla. Luego, nos dimos la vuelta juntas. Yo cerré las puertas y le entregué la llave. Una vez en el exterior, me condujo desde la Casa del Conocimiento hasta el Templo de la Rosa, donde me ayudó a entrar de modo discreto y evitó así que me cayera una buena regañina. Por lo menos en esa ocasión.

Después de aquello, la hermana O siguió siendo tan estricta conmigo como antes, pero yo dejé de tenerle tanto miedo. Un día, entré en su habitación y ella, absorta en su lectura, ni reparó en mi presencia. Recuerdo que tenía el pañuelo de la cabeza caído hacia un lado y que se rascaba con una mano la cabellera gris de modo distraído mientras que, con la otra, pasaba despacio las páginas del libro. Fue entonces cuando me di cuenta: era un ratón de biblioteca, como yo.

Abrí el libro con voracidad y comencé a leer. La estancia se hallaba en completo silencio. El susurro eterno del mar y los cantos de un ave marina se escuchaban a lo lejos. Leí durante un buen rato. Solo cuando hube terminado el primer libro y abrí el segundo, me acordé de Jai y alcé la mirada.

Estaba sentada en el suelo, en una zona iluminada por el sol, con un libro abierto sobre su regazo. El ejemplar era tan grande que casi ni se le veían las piernas debajo. Conforme los rayos de la tarde iban deslizándose lentamente por el suelo, escapándose de las páginas en las que su atención se hallaba enfrascada, ella se arrastraba de manera laboriosa siguiendo la trayectoria de la luz, sin levantarse siquiera, con el cuello leve y permanentemente inclinado hacia abajo. Cuando llegó la hora de guardar los libros e ir a las gracias vespertinas, tuve que decírselo varias veces hasta que conseguí que me hiciera caso.

Después de aquella tarde, nunca más volví a ir sola a la Cámara del Tesoro. No tardé en acostumbrarme a la presencia de Jai. A fin de cuentas, estaba siempre más callada que una tumba y en todo momento hacía lo que le decía. Al poco tiempo, empecé a sentir que siempre habíamos estado allí juntas.

La primera mañana de Jai en la Abadía fue soleada. Normalmente hace un tiempo muy bueno en primavera, pero en otoño la Primera Madre se peina el cabello y las tormentas azotan la isla. Durante esa época, apenas nos atrevemos a estar fuera por miedo a salir despedidas contra la ladera de las montañas. Sin embargo, aquella mañana había vuelto el calor. Nuestra isla, Menos, aún no se había cubierto con su habitual manto de flores primaveral; no obstante, los pastos, para deleite de las cabras, resplandecían ya con un verde exuberante.

Después de levantarnos, hacer nuestras camas y ponernos en fila, abrí la puerta del dormitorio. La hermana Nummel se aseguró de que todas estuviéramos presentes antes de sacarnos al patio central. Todavía era muy temprano y hacía frío.

El rocío aún oscurecía las piedras. Era el momento de llevar a cabo el saludo al sol. Siempre lo hacemos al amanecer, mirando en dirección al mar de Oriente, para darle las gracias por su calor. Antes de venir aquí no sabía lo importante que era el sol ni hasta qué punto la vida dependía de su existencia. Ahora me alegro de saberlo. Siempre me ha gustado darle la bienvenida al comienzo del día junto al resto de las novicias, por eso me moría de ganas de poder hacerlo con las hermanas en el patio del templo. Desde allí arriba, se podían ver el alba y el ocaso mucho mejor que desde abajo, en el patio central.

Le enseñé a Jai los movimientos que tenía que hacer y, en voz baja, le expliqué también qué significado tenían. Por norma general, no está permitido hablar durante el saludo al sol; sin embargo, en aquella ocasión, la hermana Nummel hizo una excepción, ya que Jai era nueva en la Abadía. Eché un vistazo a mi alrededor para ver si alguien se daba cuenta de que por una vez era yo la que dominaba la materia y daba instrucciones, en vez de ser la que recibía las reprimendas de las demás. Efectivamente, Joem me miró y levantó la nariz.

Ella siempre fingía que nada ni nadie le impresionaban.

Cuando terminamos, la hermana Nummel nos condujo por el patio central hasta el Manantial del Cuerpo, donde nos estaba esperando la hermana Kotke. Es la encargada del lugar y tiene la piel ligeramente arrugada debido a los vapores que ascienden desde el agua. La ropa, siempre mojada, se le pega al cuerpo rechoncho como la epidermis de una anguila. La puerta de piedra por la que se accede al recinto pesa demasiado para una sola persona, así que las dos hermanas se encargaron de abrirla a la vez.

Tras entrar, me dispuse a ayudar a Jai a desvestirse. Ella dudó unos instantes, hasta que vio a todas las demás novicias hacer lo mismo. Cuando le quité la camisa, entendí la razón de su titubeo. Una serie de horribles cicatrices le recorrían toda la espalda, como si la hubieran azotado con un látigo o una vara. Ella no era la única.

Hay muchas razones por las que una chica puede venir a esta isla. A veces, las familias pobres envían a las hijas que no pueden mantener. En otras ocasiones, unos padres, conscientes de la mente aguda e inquieta de su pequeña, optan por darle la mejor educación que una mujer puede recibir. También puede ocurrir que una familia se halle a cargo de una hija enferma o discapacitada y que se la manden a las hermanas, pues estas serán capaces de proporcionarle mejores cuidados. Como es el caso de Ydda, que nació con cierto retraso. Cuando decidieron enviarla aquí, su hermana gemela Ranna se negó a separarse de ella, de modo que las dos llegaron juntas.

Otras veces, un hombre rico apuesta por invertir en su hija y pagarle una educación en la Abadía. Es posible que, por no considerarla lo bastante atractiva o por alguna otra razón, no crea que sea capaz de llegar a encontrar marido. A fin de cuentas, una mujer que ha pasado su infancia en la Abadía siempre tiene más posibilidades de acabar hallando una buena posición en la sociedad.

Fijaos en Joem, por ejemplo. Su padre la envió aquí porque quería que se convirtiera en una experta cocinera y que así le resultara más fácil darla en matrimonio. Sus cuatro hermanas, de hecho, son más guapas que ella y están casadas desde hace ya mucho tiempo. Me pregunto si no será esa la razón por la que en ocasiones parece estar tan amargada.

Y, por último, las niñas también pueden llegar a la isla como fugitivas; sobre todo, procedentes de Urundia o de alguno de sus estados vasallos, o bien de alguna de las numerosas tierras de Occidente. Son chicas que han mostrado sed de conocimiento en culturas en las que a las mujeres no se les está permitido saber ni decir nada. En esos lugares, conocen la existencia de la Abadía porque se transmite a través de canciones y cuentos populares prohibidos, que las mujeres solo se narran las unas a las otras en voz baja, lejos del alcance de oídos enemigos. Nadie conversa abiertamente sobre este lugar; sin embargo, a pesar de ello, la mayoría de la gente ha oído hablar de él. Ennike es una de esas chicas fugitivas, al igual que Heo, la niña procedente de Namar, la ciudad amurallada en la frontera entre Urundia y la tierra de los acadios. Ambas tienen marcas en el cuerpo como las de Jai. Yo ya sospechaba que habría pasado por algo similar, pero en ese momento tuve la certeza.

Jai bajó detrás de mí por los lisos escalones de mármol que descendían hasta el cálido baño. El agua proviene de un manantial subterráneo. Cogidas de la mano, cruzamos la piscina hasta los peldaños del extremo opuesto. Muchas de las novicias saben nadar, pero yo no. Aunque a Jai no parecía asustarle el agua, se movía a través de ella con cierto nerviosismo, como si tratara de protegerse de los remolinos que se formaban alrededor de su cuerpo.

Después, pasamos a la terma fría. ¡Y qué fría! A veces desearía hacer el recorrido a la inversa y dejar el baño caliente para el final, aunque la verdad es que en días calurosos como aquel sentaba de maravilla refrescarse antes de volver a vestirse.

Tras el baño, la hermana Nummel nos hizo salir por las puertas de piedra para que las hermanas pudieran bañarse también. Ellas lo hacen más tarde que nosotras porque antes han de llevar a cabo sus rituales matutinos. Entonces, llegó la hora del desayuno en la Casa del Fuego Sagrado. Jai se sentó a mi lado. Estaba claro que había decidido convertirse en mi sombra. Eso es lo que solemos decir cuando una novicia recién llegada no se separa de otra que lleva aquí más tiempo. La sigue como una sombra hasta que encuentra su lugar. Era la primera vez que yo tenía una, lo cual no dejaba de producirme cierto orgullo. Me acomodé en mi sitio y le sonreí a Ennike, que estaba sentada frente a nosotras. En su momento, yo fui su sombra. Me recuerda a mi hermana Náraes: tiene el mismo cabello rizado y unos cálidos ojos marrones exactamente iguales. Tardé varias semanas en reunir el valor suficiente para perderla de vista. Ni una sola vez se molestó conmigo, así que decidí ser igual de paciente y generosa con Jai.

Aquella mañana, por fin volvió a haber pan recién hecho. La hermana Ers y sus novicias habían celebrado el festival de Havva el día anterior, pero ahora el horno volvía a estar limpio y bendecido para ser usado de nuevo. Después de haber estado varias lunas comiendo nada más que gachas de avena, fue una maravilla poder hincarle el diente a aquellas saladas y calientes hogazas. Cuando le sonreí a Ennike, lo hice con la boca llena. Ella se rio.

—¡No hay nadie a quien le guste el pan de primavera tanto como a ti, Maresi!

—Sí. Y solo hay una cosa que me guste más…

El resto de las presentes se miraron entre sí y, sonriendo, gritaron al unísono:

—¡El pan nadum!

Es fácil reírse con Ennike. Esa es una de las cosas que más me gusta de ella.

Jai tanteaba titubeante la comida que había en su plato. Había comido un poco de pan, pero no había tocado ni la cebolla en escabeche ni el pescado ahumado.

—¡Tú espera al verano y ya verás! Nos ponen huevos duros y unas gruesas cuñas de queso de cabra. Y, una vez el Lucero de Primavera se vuelve a dormir, ¡nos dan miel! —le dije.

—Tendrías que ver a Maresi con los desayunos de otoño —señaló Ennike—. ¡Cuando están haciendo el pan nadum de nueces y semillas en la cocina, se pone en la puerta de la Casa del Fuego Sagrado antes que nadie y olfatea en el aire como un perro hambriento! En otoño también nos dan queso con mermelada rosa de bayas nirn.

—La hacen con menta y miel. La hermana Ers siempre dice que le ha salido tan buena que se la ofrecería a la mismísima Primera Madre.

Solo de pensar en ello me relamí de gusto.

Ennike miró con curiosidad a Jai.

—¿Qué comías tú en tu casa?

Jai se retrajo como una almeja, encorvándose hacia dentro con la mirada perdida. Yo le hice un gesto a Ennike negando con la cabeza y cambié rápidamente de tema para pasar por alto la pregunta.

—Si no fuera por los desayunos de otoño, creo que no sería capaz de aguantar las interminables gachas de los meses más fríos —dije—. Gachas, gachas, gachas... Un día sí y otro también. ¿Sabes con qué sueño todo el invierno?

Jai no respondió, pero Ennike sonrió y asintió.

—¡Con la Danza Lunar! ¡Y con el banquete que sirven después en el Patio de la Luna!

—Nos ponen huevos de koan con salsa picante. Es el pájaro símbolo de nuestra Abadía y solo comemos sus huevos después de la Danza Lunar. La hermana Ers los sirve acompañados de deliciosos pasteles de carne crujiente y galletas de sésamo con canela espolvoreada.

Tuve que tragar saliva. La imagen de toda aquella sabrosa comida me estaba haciendo la boca agua. Ennike bebió un sorbo de su taza.

—Además, podemos tomar algo más que agua. ¡Aguamiel del fuerte y vino con azúcar!

—¡No veas lo larga que se hace la bajada a la Casa de las Novicias con la barriga llena!

Las dos nos echamos a reír. Es decir, Ennike y yo. Jai no. Aunque parecía haberse abierto un poco. Me alegré de poder ayudarla a relajarse. Acto seguido, me levanté de la mesa.

—Vamos. Es hora de ir a clase.

Le ofrecimos lo que nos había quedado de pan al Fuego Sagrado y descendimos los Escalones del Alba. Luego, cruzamos el patio central y subimos los Escalones del Ocaso hasta la Casa del Conocimiento, la estructura más antigua de la isla. La hermana O nos enseñó que fue el primer edificio, y probablemente el más importante, que las Primeras Hermanas construyeron después de arribar aquí en el navío Naondel.

Una de mis tareas consiste en quedarme junto a la puerta de madera agrietada del aula de las novicias pequeñas y asegurarme de que todas están quietas y calladas hasta que llegue la hermana que va a darles clase. Así que Jai siguió a Ennike hasta nuestra aula mientras yo me encargaba de escoltar a las rezagadas, la última de las cuales siempre era Heo. Aquella mañana me la encontré sentada bajo el limonero del Patio del Conocimiento, acariciando a un gato gris de la Abadía que yacía tumbado de lado ronroneando. Conforme me acercaba a ella, la joven novicia me miró con esos ojos rasgados que siempre parece que se están riendo.

—¿No puedo llevarlo conmigo a clase, Maresi?

—Sabes que no. Date prisa, Heo. La hermana Nummel está a punto de llegar. No querrás que te regañe, ¿verdad?

—A ti te regañan mucho —replicó ella poniéndose en pie y dándome su manita—. Yo quiero ser como tú.

—Deberías fijarte en mis cosas buenas, no en las malas —le dije antes de darle un beso en el pañuelo blanco de la cabeza.

Así, cogidas de la mano, nos apresuramos hasta el aula. Heo acababa de sentarse por fin cuando la hermana Nummel irrumpió rotunda y alegre. Nunca la habría regañado, la pequeña lo sabía de sobra.

Una vez que la clase de las novicias más jóvenes hubo comenzado, salí corriendo hacia la mía. Yo soy la única a la que le está permitido llegar tarde a la lección. La puerta del aula de las novicias mayores, hecha de madera, está igual de vieja y agrietada que la del aula de las pequeñas, pero es más oscura. Siempre la cierro con mucho cuidado al entrar. Me da miedo que, de no hacerlo, se derrumbe toda la estructura por culpa de las grietas y los desconchones.

Acto seguido, me dirigí con discreción hasta mi sitio en el desgastado banco en el que todas nos sentamos alrededor de una gran mesa. La hermana O se sitúa al frente del aula. Solo las novicias más veteranas, las que pronto se convertirán en hermanas, están exentas de ir a clase. Estas deben estudiar bien las que serán sus nuevas tareas.

A mí me encanta aprender. Me encanta que me enseñen cosas de historia, de matemáticas, acerca de la Primera Madre, sobre cómo funciona el mundo, sobre la luna, el sol, las estrellas y muchísimo más. Las novicias pequeñas, si es que no saben hacerlo al llegar a la Abadía, lo primero que tienen que hacer es aprender a leer y a escribir. Y también muchas otras cosas.

Aquel día continuábamos con el tema de la historia de la isla.

—¿Alguna de vosotras recuerda cómo llegaron aquí las Primeras Hermanas? —preguntó la hermana O. Cuando dijo mi nombre, me puse en pie de inmediato.

—Las Primeras Hermanas decidieron huir de la tierra donde un hombre malvado se había hecho con todo el poder y trataba muy mal a su gente —contesté. Acababa de leer sobre ello en un libro de la Cámara del Tesoro.

—Era un hombre que no dejaba que nadie más tuviera conocimiento —proseguí mientras la hermana O asentía—. Las Primeras Hermanas se negaron a ser sus esclavas, por lo que, tras adquirir todo el conocimiento del que fueron capaces, llegaron aquí en el Naondel. Su travesía fue larga y ardua. Vinieron de las lejanas tierras del Oriente, tan lejanas que ya no recordamos su nombre. Nadie ha llegado nunca a la Abadía procedente de esas tierras desde que lo hicieron las Primeras Hermanas. Fue un milagro que su barco no se estrellara contra las rocas cuando la gran tormenta que azotaba la isla arrastró el Naondel hasta nuestras costas. Justo el sitio donde el barco tocó tierra por primera vez fue donde las Primeras Hermanas decidieron construir la Casa del Conocimiento.

Ennike se levantó.

—Pero ¿cómo es eso posible, hermana O? —preguntó ella señalando por la ventana—. La Casa del Conocimiento está en lo alto de la montaña. Ni las fuertes tormentas de otoño serían capaces de propulsar un barco hasta aquí arriba.

La hermana O asintió.

—En efecto. Pero así está escrito en los textos antiguos. Puede que las tormentas fueran mucho más fuertes entonces. O tal vez el texto ha de ser interpretado de otra manera.

Vi que Jai escuchaba con atención, inclinada hacia delante y con la mirada fija en la hermana O.

—La Casa del Conocimiento aglutina todo el poder que las Primeras Hermanas trajeron consigo —añadí recitando de memoria—. Hermana O, ¿por qué hablan de poder y no de conocimiento?

—Porque el conocimiento es poder —respondió Dori.

Dori es la novicia de la hermana Mareane, la encargada de ayudar con los animales. Tiene unos años más que yo; sin embargo, es tan despistada y soñadora que a menudo parece más joven. Dori procede del pueblo de los pájaros y, cuando llegó a la isla, trajo consigo una de sus aves sagradas. Se trata de una criatura tan grande como una paloma, con las plumas rojas y azules, aunque estas últimas cambian de color según la luz: a veces son verdes; otras veces, negras; y otras, doradas. Por lo general, la lleva siempre sentada en el hombro, le picotea y le pega tironcitos del pelo negro y de las prominentes orejas. No tiene nombre, solo le llama Pájaro. Y parece entender a Dori cuando le habla.

La hermana O sonrió a la novicia en uno de esos raros instantes en que su rostro de labios finos y ojos oscuros se suaviza.

—Así es, Dori. El conocimiento es poder. Por eso es tan importante que las novicias vengan aquí, para devolver al mundo todo el saber que hayan sido capaces de adquirir. Sobre todo, las novicias de la hermana Nar, quienes pueden transmitir sus conocimientos acerca de hierbas medicinales y métodos de curación.

—Pero hay otros conocimientos que son importantes —la interrumpí tratando de impresionar a la hermana O con lo mucho que sabía a pesar de ser más joven que Dori—: aritmética, astronomía, historia y…

No se me ocurrió nada más.

—Tareas domésticas —completó Joem—, agricultura, cómo alimentar a muchos con poco para evitar el hambre.

—¡El cuidado de los animales! —añadió Dori con entusiasmo.

—Arquitectura —agregó Ennike—. Cómo construir puentes o erigir grandes edificios.

Me quedé un poco frustrada. Ojalá se me hubieran ocurrido a mí todas esas opciones.

—Muy cierto —dijo la hermana O con seriedad—. Todo conocimiento que podáis llevar de vuelta a vuestros países de origen es importante.

—Pero lo ideal sería que algunas novicias se quedaran aquí, ¿no? Para mantener vivo el conocimiento en la isla y transmitirlo a las nuevas —repliqué.

—Sí —respondió la hermana O mirándome con expresión solemne—, aunque nuestra Abadía no debe usarse como una excusa para esconderse del mundo.

No entendí del todo lo que quería decir, pero no pregunté más. Yo lo único que sabía era que en aquel lugar, con su cálido sol, sus frescas brisas y sus perfumadas laderas fragantes, entre las cabras, las abejas, las hermanas y las novicias, yo me sentía en casa.

Durante la pausa, Ennike y yo fuimos a nuestro lugar favorito bajo el limonero. Jai nos acompañó. Comimos pan, bebimos agua fría del manantial y contemplamos por encima del muro el plateado mar azul, el cual brillaba de tal modo que mirarlo casi hacía daño a los ojos. La dulce y nítida fragancia de las hierbas y flores que la hermana Nar cultivaba en el Jardín del Conocimiento flotaba en el aire. Los pájaros revoloteaban en la brisa sobre nuestras cabezas; a veces solos, a veces en bandadas de relucientes alas blancas. Un gato negro de patas grises se acicalaba sentado sobre la tapia del jardín. Ennike apoyó la espalda contra el tronco del limonero y estiró las piernas.

—Espero que me envíen pronto a una de las casas o que me manden al servicio de una de las hermanas. No aguanto más las clases de la hermana O.

—¡Pero si son fascinantes! Todos los días aprendemos algo nuevo —respondí sorprendida.

Ella sonrió.

—Tú puedes absorber conocimientos como una esponja durante días y días, Maresi. Pero yo necesito empezar a hacer algo ya. ¡Imagínate si la Madre me designara Sierva de la Luna! Eso sí que sería un gran honor.

—Eres la novicia de más edad en toda la isla que aún no ha sido asignada a ninguna casa. Por supuesto que te elegirá —le dije tumbándome boca arriba y mirando el follaje del árbol.

Las florecillas blancas brillaban aquí y allá entre las hojas oscuras. El gato bajó de la tapia de un salto y se acercó pavoneándose. Jai extendió la mano de forma cautelosa y el animal comenzó a frotarse la cabeza contra ella para, acto seguido, empezar a ronronear. De repente, Jai se puso muy tensa. Me incorporé rápidamente y seguí su mirada.

Un barquito blanco con una vela azul se dirigía al puerto allá abajo.

—Es un barco pesquero —le comenté en voz baja—. Viene a vender su pesca. Mira, ahí están la hermana Veerk y su novicia, Luan. Ellas se ocupan de negociar con los marineros. Son las que están entrando en el embarcadero ahora mismo, ¿las ves? Llenarán sus cestas de pescado fresco y, luego, les pagarán con monedas de cobre o con velas hechas de cera de abejas. Incluso puede que con algún ungüento curativo preparado por la hermana Nar, que es la que se encarga de cuidarnos cuando enfermamos. Lo sabe todo sobre remedios curativos y hierbas. Los pescadores suelen decirnos lo que necesitan para que la hermana Veerk pueda tenerlo listo la próxima vez que vengan.

Jai seguía sin poder relajarse, así que Ennike y yo nos miramos la una a la otra y nos levantamos.

—Las clases van a empezar de nuevo. Vamos.

Jai pronto se acostumbró a la rutina de la Abadía. Cuando tenía que enseñarle algo, bastaba con que lo hiciera una sola vez para que ella lo recordara. Al terminar de comer, llevaba sus platos al fregadero y ofrecía su pan restante a Havva; se acordaba siempre de traer consigo su ropa sucia al Manantial del Cuerpo para que la lavaran y leía los textos que la hermana O le daba todas las tardes. También en el breve espacio de tiempo de unos cuantos días, se aprendió los movimientos del saludo al sol, así como los cantos de los ritos de agradecimiento y alabanza. Por las tardes, se venía conmigo a la Casa del Conocimiento y se sentaba a leer hasta la puesta del sol. Y nunca se alejaba de mí. Las hermanas se dieron cuenta de ello y decidieron no separarnos cuando repartían las tareas. Así que Jai se venía conmigo a arrear a las cabras por la montaña, a recoger mejillones en la playa, a hacer el primer lote de queso del año, a sacar agua del pozo, a barrer los patios y a limpiar la Casa de las Novicias.

Pronto quedó claro que Jai no había hecho mucho trabajo físico hasta la fecha. No era fuerte y apenas podía cargar con medio cubo de agua, pero nunca se quejó. Lo cierto es que, en general, apenas decía palabra.

Por la noche, tenía sueños muy intensos. A menudo me despertaba con sus espasmódicas y ansiosas vueltas en la cama. La mayoría de las cosas que solía escucharla murmurar resultaban ininteligibles. Excepto un nombre que repetía constantemente: Unai. No sabía si era de una mujer o de un hombre, pero era evidente que debía de haber sido alguien muy importante en su vida, pues Jai soñaba con Unai todas las noches. Somos muchas las que compartimos dormitorio, así que yo no era la única que la oía hablar en sueños.

Durante las siguientes semanas, la primavera hizo acto de presencia en todo su esplendor. Los días se volvieron más cálidos y las hermanas comenzaron a hablar de la Danza Lunar y de todos los demás rituales primaverales. Las laderas de las montañas se cubrieron en un abrir y cerrar de ojos de flores azules y blancas, y el zumbido de moscas y abejas comenzó a flotar de forma constante en el aire. Dori empezó a salir a pasear y cantar con los pájaros al unísono. Ella es capaz de imitar a la perfección el sonido de cualquier ave.

Una noche, media luna después de la llegada de Jai, estábamos sentadas juntas en nuestro dormitorio preparándonos para irnos a la cama. Las chicas mayores le cepillaban el pelo a las más jóvenes. Yo me encontraba ayudando a Ennike a desenredarse los rizos, los cuales al final del día siempre terminaban enmarañados por culpa del viento.

Ella se hallaba sentada con la cabeza echada hacia atrás y los ojos cerrados.

—Mi hermana hacía lo mismo que tú cuando yo era pequeña —murmuró—. No me acuerdo muy bien de ella. Casi lo único que recuerdo es esa sensación de tener sus manos en mi pelo.

Heo se había sentado a mis pies y jugaba con un gatito de pelo tan negro como el suyo. El felino se abalanzaba sobre sus dedos con sus afilados dientes y garras. Sin embargo, a la pequeña no parecían importarle demasiado los pequeños arañazos del animal.

—Yo no tengo hermanas —dijo Heo—. ¿Y tú, Maresi?

Yo asentí con la cabeza mientras acababa de desenmarañar y dejar lustroso el cabello de Ennike.

—Dos hermanas. Una de ellas es mayor que yo. Y luego un hermano de tu edad, Heo. Mi hermana mayor, Náraes, nunca tenía tiempo de cepillarme el pelo. Ayudaba a nuestra madre con la granja y yo cuidaba de los pequeños. Mi hermana menor...

Tragué saliva. Todavía me costaba hablar de Anner.

Jai estaba remendando con hilo y aguja un agujero en sus pantalones. Me disponía a seguir con mi historia cuando me di cuenta de que la costura se le había caído sobre el regazo y de que sus mejillas se habían vuelto tan pálidas como la nieve del pico de la Dama Blanca. Justo en ese momento, Heo me interrumpió:

—Jai, ¿quién es Unai? Te he oído pronunciar ese nombre por la noche.

—¡Heo! —repliqué con brusquedad.

Ella me miró con sus grandes ojos marrones, sorprendida por mi tono de voz. Al mismo tiempo, Jai soltó un grito ahogado y agudo. Fue un sonido terrible. Acto seguido, levantó las manos y comenzó a golpearse la cara una y otra vez. Yo salté sobre ella y le agarré las muñecas; sin embargo, no pude detener sus lamentos.

—¡Dile a la hermana Nummel que venga! —exclamé sin soltar a Jai y volviéndome hacia Ennike.

Esta salió corriendo de la estancia mientras las otras novicias se apartaban a ambos lados para abrir camino. Heo, que se había quedado hecha un ovillo entre las camas, guardaba silencio. Al poco rato, la hermana Nummel entró a toda velocidad en el dormitorio y, juntas, condujimos fuera de la habitación a Jai. Ella no protestó, pero tuvimos que sujetarle las manos para que no se diera bofetadas o se arañara. Ennike echó a correr de nuevo en busca de la hermana Nar, la cual no tardó en aparecer con un jarabe que hizo ingerir a Jai. Tras conseguir calmarla un poco, la tumbamos enseguida en la cama de la hermana Nummel.

Entonces, las hermanas nos echaron a Ennike y a mí de allí con un par de aspavientos. No fue tarea fácil acostar luego a las agitadas novicias. Cuando los dormitorios por fin se calmaron, las dos salimos a respirar un poco de aire fresco y tranquilizarnos.

El cielo añil se extendía como un manto salpicado de estrellas sobre el patio central. Todo estaba en silencio, salvo por el suave murmullo del mar más allá del muro. Ennike respiró hondo.

—Está claro que ha pasado por cosas aún peores que yo. A mí, mi padre y mi tío solían pegarme a menudo, pero en su caso no se han limitado a darle palizas.

Traté de imaginarme lo que debía de ser que tu propio progenitor te pegara. Pensé entonces en mi pequeño y flaco padre, que nos había dado a los niños sus porciones de comida durante aquel invierno interminable. Pensé en cómo había reunido toda la información que circulaba por ahí acerca de la Abadía, dónde estaba, cómo llegar a ella. En cómo lloró cuando fue consciente de que venir a vivir aquí era lo mejor para mí. En lo que tardó en soltarme la mano al ayudarme a subir al carromato que habría de llevarme lejos de nuestro hogar, de nuestro pueblo, de nuestra tierra, a la remota costa del sur.

—No es capaz de sentirse segura y a salvo —dije al darme cuenta de lo cierto que era—. Tendremos que enseñarle.

En la Abadía somos autosuficientes casi del todo. Recogemos mejillones del mar, huevos de distintos tipos de aves, bayas y frutas de la montaña. Tenemos cabras de las que sacamos leche, con la que elaboramos queso, y carne, y cultivamos nuestras propias verduras en uno de los valles que hay entre la Abadía y el Templo Solitario. Junto a este último edificio, hay también olivos y viñedos. Y tenemos también miel procedente de las colmenas de la hermana Mareane.

Sin embargo, el cereal, el pescado, la sal y las especias tenemos que comprarlos, igual que la tela para la ropa y el incienso de nuestros incensarios. Para ello se requiere plata, mineral del que hay más que suficiente en la Abadía gracias al caracol de sangre.

El caracol de sangre es la única manera de teñir un tejido de color carmesí. Se pueden obtener un montón de diferentes tonos rojizos de diversas plantas, pero ninguno de ellos tiene la intensidad y el brillo del tinte que produce el caracol de sangre. Por supuesto, creo que es una tonalidad de lo más hermosa, pero no deja de sorprenderme lo codiciado que es en todas partes y el alto precio que tiene. El rojo caracol de sangre tiñe las prendas de los reyes y las telas de los ricos. Solo los que tienen mucho dinero pueden permitirse lucir dicho color. Por eso la Abadía Roja se llama así. O, al menos, eso pensé yo. Lo cierto es que cuando le pregunté al respecto a la hermana O, esta me respondió que probablemente hubiera varias razones. También podría ser por la sangre sagrada de la vida y otra serie de cosas que yo aún no entendía.

Cuando la Madre era una niña, el rojo caracol de sangre no valía lo mismo que hoy en día. En aquella época, el caracol de sangre podía recogerse en diferentes lugares, entre los que se incluían muchas de las islas de Valleria e, incluso, existía una colonia de ellos en una tierra tan occidental como Cuernilunga. He oído que los habitantes de Valleria producían su propio tinte en grandes barriles, los cuales ponían luego al sol hasta que la madera se pudría. El hedor resultante llenaba el archipiélago valleriano cada verano durante varias semanas. Al final, los caracoles de sangre se extinguieron por completo. No quedó ninguno.

Sin embargo, nuestra isla aún tiene una próspera colonia. Tenemos un método alternativo para la extracción del tinte.

La cosecha de caracoles ocurre en plena primavera, después del despertar del Lucero de Primavera, cuando en el Templo de la Rosa se llevan a cabo varios ritos de agradecimiento. Uno de ellos es el que realizamos en previsión del inicio del verano, en el cual encendemos una gran hoguera con leña y con las ramas que han caído durante las tormentas y pedimos que llegue el buen tiempo.

Los caracoles de sangre son cosa de la hermana Loeni. Ella es la que decide cuándo hay que recogerlos y la que se encarga de organizar y supervisar todo el proceso de teñido. También es la responsable de comerciar con ellos, junto con la hermana Veerk. Una sola y severa mirada de las suyas es capaz de hacer que su precio suba por las nubes en cuestión de segundos. Por supuesto, toda la plata que obtenemos de su venta no se gasta de manera ociosa sin más, sino que se deposita en el fondo del cofre de la Madre. Este se reserva para aquellas empresas que las novicias que dejan la Abadía Roja se disponen a emprender cuando regresan al continente. Construir enfermerías, fundar escuelas. Tal vez, mejorar la vida de sus países de origen.

A veces pensaba en ello. En la plata que podría llevar conmigo si volviera a casa con mi madre y mi padre. Con mi hermana y mi hermano. En todo lo que podría hacer por ellos y por el resto de mi pueblo. No habría más hambrunas. Calzado y gruesas pieles para todos. Me acordé de Anner; seguramente habría mucho otros niños como ella, que mueren de hambre.

Sin embargo, si lo hiciera, si dejara la Abadía, tendría que dejar también a mis amigas, dejar los baños de la mañana, la Danza Lunar, las clases. El Jardín del Conocimiento, los cabritillos de la hermana Mareane, los gatitos. Dejar atrás la seguridad de saber que nunca pasaré hambre. Dejar a la hermana O y su Cámara del Tesoro.

La hermana Loeni se cree mejor que las demás por ser la Sierva de la Sangre, lo cual hace que tenga responsabilidades especiales en el Templo de la Rosa durante los ritos de la Sangre. Aunque esa no es excusa para ser tan engreída. De hecho, la Sierva de la Rosa es la más importante después de la Madre, aunque ha de ser también la más humilde de todas las hermanas.

Toulan, la novicia de la hermana Loeni, es muy buena amiga mía. Me dio pena cuando la nombraron novicia de Sangre el año pasado. Ella y la hermana Loeni son muy diferentes. Joem habría sido una elección mucho más adecuada. Pensé que Toulan sería terriblemente infeliz en su nuevo cargo. Yo, desde luego, lo sería si tuviera que trabajar todos los días al servicio de la hermana Loeni. Recuerdo que, cuando me enteré de la noticia y le di la enhorabuena por su destino, Toulan se limitó a sonreírme.

—Bah, yo ya no hago caso ni a sus sermones ni a sus regañinas. De hecho, cuando dejé de hacerlo, me di cuenta de por qué las suelta, de todo lo que hay detrás... Es una mujer con muchísimos conocimientos y se toma su papel muy en serio. Jamás permitiría que se extinguieran los caracoles. Además, como Sierva de la Sangre podré ahondar en algunos de los misterios más profundos de la Primera Madre.

Toulan siempre ha sido la más sensata de las novicias. A diferencia de otras que se saltan los rezos para irse a nadar o que se esconden en los establos de las cabras para librarse de alguna tarea aburrida, ella siempre ha asumido sus labores con dedicación y paciencia. Tampoco es de las que se chivan. Y no es que se trate de una chica aburrida ni nada de eso, es solo una persona seria. De pequeña, vio morir a sus padres a causa de una terrible enfermedad. Luego, emprendió ella sola el largo y peligroso viaje a la Abadía. Yo siempre pensé que se convertiría en la novicia de la hermana Nar, ya que le fascinan las hierbas y las plantas medicinales. Aunque, como ella misma dice, lo que de verdad quiere es profundizar en los misterios de la Primera Madre.

Aquella primavera, fuimos bendecidas por un tiempo precioso. No hubo ni rastro de repentinas tormentas, siempre hizo una temperatura suave y agradable. Así que, cuando el Lucero de Primavera despertó de su letargo, la Dama Blanca todavía llevaba puesta su corona de nieve y sus laderas se hallaban cubiertas de flores blancas de hierba de jabalí.

Después de los ritos de Renacimiento y las ofrendas a la Madre, no hubo amanecer que no fuera apacible y soleado. La hermana Loeni seguía, no obstante, empeñada en elegir el día idóneo y perfecto, con viento del noreste, para el inicio de la cosecha, lo cual influiría en su fructífero desarrollo.

Entonces, por fin, una mañana, nos despertó el atronador repicar de la Campana de Sangre. Yo ya había advertido a Jai de lo fuerte que sonaba, pero, aun así, no pudo evitar levantarse aterrorizada.

—¡Comienza la semana de la cosecha! —exclamó Ennike saltando de la cama y tirando de los pies de Jai—. ¡Hoy no hay clase! A partir de ahora, todo el día al aire libre. ¡No más saludos al sol, no más baños matinales, no más tareas aburridas!

Yo sonreí irónicamente. No más temas maravillosos de historia, no más comidas en la Casa del Fuego Sagrado, no más tardes en la Cámara del Tesoro. Yo también me alegraba, por supuesto, pero por razones diferentes. La cosecha de caracoles es el único trabajo que hermanas y novicias hacen en común. Me encanta cuando nos reunimos todas. Incluso las hermanas del Templo Solitario nos acompañan. Las únicas que se quedan en la Abadía son las más ancianas, las que son incapaces de encorvarse y agacharse con una cesta para la recolecta.

Nos juntamos todas en el patio que hay frente a la Casa del Fuego Sagrado. La hermana Mareane y Dori habían enganchado nuestros dos burros a una hilera de carros repletos de ovillos de hilo de seda y lana. Toulan y la hermana Loeni repartieron las cestas entre todas las presentes, incluso a la Madre le dieron una. Acto seguido, salimos de la Abadía por el Portón de las Cabras.

La isla olía a miel y a rocío. Conforme subíamos por el sendero de la ladera de la montaña, recuerdo haber pensado que, estando yo aún en el pueblo, jamás habría soñado con poder vivir en un lugar así. Un lugar donde luce el sol, lleno de comida y de conocimiento. La vida en Rovas era como estar en una cueva donde todos sus habitantes coexistieran ajenos al mundo exterior, sin más realidad a su alcance que el frío y la oscuridad. Venir a la Abadía y aprender a leer fue para mí como abrir una gran ventana a un océano de luz y calor. Respiré hondo y di las gracias por esa sensación de tener el estómago lleno, por el sol en la cara y la fresca brisa primaveral en las piernas. «Felicidad. Esto es la felicidad», pensé.

Las hermanas caminaban delante de mí ataviadas con sus peores ropajes, los más gastados y sucios, ya con las perneras arremangadas y listas para la faena. Todas reían y charlaban. Aunque entre el cúmulo de sonidos destacaba como siempre la voz grave de la hermana O. Jai caminaba a mi lado, agarrando con fuerza el asa de su cesta. Heo iba dando saltitos detrás de mí junto a su mejor amiga, Ismi, una niña pelirroja procedente de Valleria, que llevaba con nosotras desde el verano pasado. Detrás de ellas, Ennike, al unísono con el resto de las novicias, cantaba una canción:

En el cálido muro duerme la gata,
¡salta, ranita, salta!
El viento sopla su cuerno de plata,
¡salta, ranita, salta!
La muchacha espera en su traje escarlata,
como novia del dios va ataviada.
Mas su esposo está en una jaula dorada,
¡salta, ranita, salta!

Me di la vuelta para observarlas unos instantes. En cada «salta, ranita, salta», todas las novicias pegaban un gran brinco hacia delante como si fueran una rana y estallaban en carcajadas.

Los carros tirados por los burros iban detrás y, al final del todo, los seguían novicias más veteranas, con sus pañuelos ondeando suavemente a la luz del sol.

—Acamparemos en la playa, al menos esta noche —le dije a Jai volviéndome hacia ella—. Puede que más días si sigue haciendo tan buen tiempo. ¿Has dormido alguna vez fuera?

—No. Estaba prohibido que las chicas salieran de casa después de la puesta de sol.

Aquella era la primera vez que mencionaba algo acerca de su antigua vida. La verdad es que tenía curiosidad por saber de dónde procedía Jai. Al principio pensé que tal vez de Devenland, pero luego me di cuenta de que era demasiado rubia para ser de allí. No me atreví a preguntárselo.

—Al principio, resulta un tanto incómodo. A mí siempre me cuesta un poco dormir al raso, aunque esté agotada del trabajo del día. Pero, si te pasa eso, siempre puedes ponerte a contemplar las estrellas, hay infinidad de ellas.

A lo largo de un lateral del primer tramo del sendero se extiende un muro de piedra de apenas un metro de alto. Sirve para evitar que el caminante pueda despeñarse por las empinadas laderas del acantilado en el que se encuentra la Abadía. Ismi, la pequeña pelirroja, pasó corriendo junto a nosotras y, de un salto, se encaramó sobre la tapia. Acto seguido, extendió los brazos a ambos lados y se puso a andar sin miedo por encima del muro.

—¡Miradme! ¡Ahora soy más alta que todas vosotras! —exclamó de modo triunfal.

Apenas había acabado de hablar cuando, en un abrir y cerrar de ojos, Jai se acercó a ella corriendo y la puso de inmediato en el suelo.

—¡Podrías haberte caído! —le gritó enfadada antes de inclinarse hacia delante para echar un vistazo al precipicio.

Abajo, la blanca espuma del agua del mar se estrellaba contra las dentadas rocas.

La niña se echó a reír y se apartó de nuestra vista dando brincos. Las pequeñas tienden a creerse invencibles, especialmente la salvaje de Ismi.

El empinado sendero no tardó en nivelarse. Al cabo de poco, comenzamos a recorrer la ladera sur de la montaña y a atravesar los viñedos, en cuyas vides empezaban ya a aparecer nuevas hojas.

—Aquí es donde la hermana Király y sus novicias cultivan uvas para luego desecarlas y convertirlas en pasas —le dije a Jai señalándole la zona—. Durante algunos festivales de invierno, nos dan pasas con las gachas. Ahí abajo están nuestros olivares, en el valle, cerca de la bahía.

Ella se protegió la vista con una mano, deslumbrada por la luz del sol que se reflejaba sobre la superficie del agua, y comentó:

—El mar es tan grande… Y siempre cambia de color de un momento a otro. Podría quedarme mirándolo durante toda la eternidad sin aburrirme. Y el horizonte… A veces es tan nítido como la hoja de un cuchillo, otras veces apenas se distingue por la bruma del calor o la niebla de la lluvia.

—¿Tu casa estaba muy lejos del mar?

Ella bajó la mano.

—No. Pero yo nunca llegué a verlo. Nunca salí de los arrozales del valle. Cuando era muy pequeña, mi padre me dejó ir con ellos al Festival del Color, pero luego decidió que las niñas tenían que quedarse en casa.

Así que había más niños en la familia de Jai.

—Yo tampoco había visto nunca el mar antes de llegar a Muerio —le dije, y ella me miró con ojos interrogantes—. Es el nombre del puerto marítimo valleriano. Del que zarpan la mayoría de las chicas que vienen aquí. Había visto grandes lagos en mi viaje al sur, pero nada comparable a la impresión que me causó ver el mar por primera vez. Es infinito. Estaba tan asustada cuando subí al barco…

No pude evitar reírme al recordarlo. Sin embargo, Jai hablaba en serio.

—Yo también tenía miedo. Pero no del mar.

—¡Maresi! —exclamó Heo tirándome del brazo—. ¡Maresi, cuéntanos un cuento!

—Heo, no es de buena educación interrumpir —le contesté con una sonrisa.

—Sí, pero es que tú no paras de hablar y hablar. Ismi también quiere.

—¿Cuál deseáis que os cuente, el de la Dama Blanca y por qué siempre lleva un sombrero de nieve?

—¡No, por favor, Maresi! ¡Cuéntanos el de cuando los ladrones atacaron la Abadía!

Ismi me agarró por el otro brazo. Miré a Jai. Quizá no fuera la mejor historia estando ella delante, podría asustarla. Aunque tiene un final feliz…

—Pues ocurrió varios años después de que las Primeras Hermanas desembarcaran en la isla a bordo del Naondel. Ya habían construido la Casa del Conocimiento y la Casa de las Hermanas, y estaban trabajando en el Templo de la Rosa. La Casa de las Hermanas era entonces mucho más pequeña de lo que es ahora, ya que las Primeras Hermanas solo eran siete. ¿Recuerdas sus nombres, Heo?

La pequeña se mordió el labio en señal de concentración.

—Kabira, Clarás, Garai, Estegi, Orseola, Sulani y… Nunca me acuerdo de la última…

—Se llamaba Daera y fue la primera Sierva de la Rosa —dije mientras me cambiaba la cesta de mano y miraba a Jai—. Mira, ahí está el camino que va hacia el norte, hasta el valle de los cultivos, entre la Abadía y la Dama Blanca. Luego prosigue hasta el Templo Solitario. Nosotras vamos ahora de todas formas por la ladera sur de la Dama Blanca, hacia la costa más meridional de la isla. Es la menos abrupta y la mejor para recoger caracoles.

—¡Sigue con la historia! —se quejó Ismi.

—La Abadía no tenía mucha plata en aquellos días. Las hermanas no habían descubierto aún la colonia de caracoles. Estaban demasiado ocupadas construyendo las casas y adquiriendo conocimientos. Ni siquiera había novicias por aquel entonces, aunque no estoy segura… Creo que los rumores sobre la existencia de la Abadía aún no se habían extendido lo suficiente.

—¡Pero aun así llegó un barco! —dijo Heo—. ¡Uno grande!

—Sí, llegó un gran barco con una proa afilada y velas rojas y grises. Un barco muy parecido al Naondel. No se especifica en ninguno de los libros que he leído, pero me parece que pudo haber venido de las tierras de Oriente, como las Primeras Hermanas. Era un barco lleno de hombres malvados. Querían hacerse con el conocimiento de las Primeras Hermanas. Tal vez incluso con ellas mismas…

De repente, Jai pareció perder el equilibrio. La agarré de la mano para que no se cayera y seguí dándosela durante unos instantes, hasta que recobró del todo la estabilidad.

—Eso fue antes de que se construyera el muro exterior, por lo que la Abadía estaba completamente desprotegida. Una noche, mientras las hermanas dormían, los hombres atracaron en el puerto. Sin embargo, el resto de la isla no se había ido a la cama, ni mucho menos. En cuanto los marineros pisaron tierra, todos los pájaros del lugar comenzaron a cantar al unísono y despertaron a las hermanas, las cuales salieron corriendo de inmediato hacia la Casa del Conocimiento.

—¿Por qué fueron allí, Maresi? ¿Por qué no subieron y se escondieron en las montañas?

—No lo sé, Heo. Tal vez querían proteger el conocimiento.

—¿Cómo se puede hacer eso?

—Si está contenido en los libros, por ejemplo. Y ahora deja de interrumpir… Las hermanas entraron de forma precipitada en la Casa del Conocimiento y los hombres rodearon el edificio. Se hallaban muy superadas en número. Eran muchos hombres y sus afiladas espadas brillaban a la luz de la luna. No obstante, al intentar entrar en la casa, vieron que no había manera humana de conseguirlo. Primero, trataron de romper los cristales de las ventanas, pero fue como si estos se hubieran vuelto de piedra.

»Luego, decidieron prenderle fuego al edificio. Al principio, creyeron haberlo conseguido. La puerta de madera y el techo empezaron a arder. Los hombres se pusieron a celebrarlo. En breve, las hermanas, junto con todos sus conocimientos, quedarían reducidas a cenizas. Entonces, uno de los hombres, que se había quedado en el barco, apareció de repente para reunirse con sus compañeros y, al ver el fuego, montó en cólera. A gritos, declaró ante el resto de marineros que el amo quería el poder de las mujeres, que la vida de estas no tenía importancia, pero que el conocimiento no podía perderse. Los hombres se vieron forzados a apagar el fuego de inmediato.

—He visto las marcas —dijo Jai con voz tenue, con la mirada fija en el camino que se extendía bajo sus pies—. En la puerta de la Casa del Conocimiento. El rastro de las llamas del fuego permanecerá allí para siempre.

Al oírla decir aquello, me di cuenta de que llevaba razón. La parte inferior de la puerta estaba ennegrecida, llena de manchas de algún remoto hollín.

—Los hombres decidieron que lo mejor era esperar. Las mujeres tendrían que salir cuando se les acabara la comida y el agua. Así que los ladrones se sentaron, se cruzaron de brazos y se prepararon para esperar el tiempo que fuera necesario.

—¡Y entonces fue cuando las vieron! —exclamó Heo sin poder contenerse—. ¡Las Mujeres de la Luna!

—Así es. De repente, mientras los hombres aguardaban con las espadas reposando en sus regazos, listos para matar a las hermanas si se atrevían a salir, la tierra comenzó a temblar. Por encima de la Abadía, siete mujeres gigantes descendían a grandes pasos por la montaña. Eran blancas y brillantes como la plata, como si estuvieran hechas de la luz de la luna, y el suelo temblaba bajo sus pies. Sus largos y desmelenados cabellos azotaban la ladera de la montaña y arrancaban flores, arbustos y árboles pequeños. De pronto, empezaron a refulgir con más fuerza. A pesar de que los hombres volvieron el rostro presos del terror, el resplandor de las mujeres se reflejó en la hoja de sus espadas, incidió sobre los ojos de los marineros y los dejó ciegos al instante. Las siete gigantas levantaron entonces unas enormes rocas y las arrojaron sobre ellos arrastrándolos violentamente hacia el océano.

Todas nos quedamos calladas un momento.

—Se dice que el suelo se tiñó de rojo con la sangre de los hombres —continué mientras observaba el rostro fantasmagóricamente pálido pero tranquilo de Jai—. Las piedras que no llegaron al mar se convirtieron en los cimientos del muro exterior de la Abadía.

—¿De dónde salieron las mujeres gigantes? Las hermanas estaban en la Casa del Conocimiento, ¿no?

—No lo sé, Heo. Tal vez fue la propia isla la que invocó su presencia. Quizá las Primeras Hermanas tenían más poder de lo que conocemos. Ocurrió hace demasiado tiempo para saberlo con certeza.

Heo e Ismi salieron correteando por el sendero, dándole patadas a los guijarros y gritando a los cuatro vientos que eran mujeres gigantes hechas de la luz de la luna. Jai me miró con expresión grave.

—¿Crees que los pájaros seguirían despertándonos? ¿Si viniera alguien?

Cuando llegamos a la playa, era poco después del mediodía. El sol estaba ya en lo más alto, desplegando su cálida luz de forma vertical sobre nuestras cabezas. La costa sur de la isla es el único lugar sin escarpados acantilados entre la montaña y el mar. En ella, las laderas más bajas de la Dama Blanca despliegan sus onduladas capas de roca directamente sobre el agua. La playa es poco profunda. Perfecta para recoger caracoles. Al llegar, nos sentamos bajo los harneros y nos comimos el pan y el queso que la hermana Ers y Joem repartieron. Cissil, la otra novicia al servicio de la hermana Ers, se nos acercó con una jarra de piedra llena de agua de manantial, la cual había mantenido fría bajo las madejas de hilo que iban en los carros tirados por los burros. Las marcas de hollín en las mejillas de Cissil se extendían por su rostro ayudadas por el sudor derivado de la larga caminata.

Entonces, la hermana Loeni reclamó nuestra atención:

—La mayoría ya sabéis lo que hay que hacer. Jai e Ismi, fijaos en las demás. Llenad vuestras cestas y luego traédnoslas aquí a Toulan y a mí para que os enseñemos cómo hacer el teñido. ¡Y tened cuidado con los caracoles! Hay que evitar lastimarlos…

Todas nos adentramos en el frío océano. Las novicias más pequeñas chapoteaban y reían en el agua, bajo la atenta y tranquila vigilancia de las hermanas. Jai se mantuvo cerca de mí y yo le mostré dónde encontrar los pequeños racimos de caracoles de sangre pegados a las rocas, cómo sacarlos con cuidado y ponerlos en la cesta. A veces se aferran a las rocas con una fuerza asombrosa, por lo que se tarda bastante en despegarlos sin dañarlos.

—Creía que eran rojos —comentó Jai al conseguir sacar su primer caracol—. No blancos, como el nácar.

—El rojo está dentro —le respondí depositando uno de los pequeños especímenes en mi cesta—. Ya verás…

Cuando hubimos llenado los canastos, los transportamos hasta el árbol. Bajo sus ramas, la hermana Loeni y Toulan habían construido una mesa improvisada con cuatro tablones largos colocados sobre los dos carros de los que habían tirado los burros, que se hallaban pastando a la sombra, no muy lejos de allí.

Toulan nos indicó dónde colocar las cestas y, acto seguido, desenrolló un ovillo de hilo de seda el triple de largo que la mesa. Cuando los caracoles se asustan segregan el precioso pigmento rojo que les da nombre. La hermana Loeni le entregó a Jai uno de ellos. Luego, le mostró que primero tenía que asustarlo dándole unos golpecitos en el caparazón con la uña e, inmediatamente después, deslizarlo a lo largo de los hilos. En cuanto dejó de salir el pigmento, depositamos el caracol en una cesta vacía y cogimos el siguiente.

Es una forma lenta de teñir el hilo. Si lo hiciéramos a la vieja usanza, siguiendo el método valleriano, dejaríamos a los caracoles morir y pudrirse en grandes barriles para extraer su color. De ese modo, podríamos teñir mucha más cantidad de hilo y ganar mucha más plata. Pero, en ese caso, los caracoles de sangre de la isla no tardarían en extinguirse. Además, la Abadía no necesita tanta plata.

Cuando hubimos terminado, llevamos las cestas con los caracoles usados hasta un lugar más apartado de la playa y las volcamos de nuevo con cuidado en el mar. Ya teníamos las manos y los brazos completamente rojos. Y más aún que iban a estarlo.

Después de todo el proceso, gran parte de la arena de la playa acaba siempre teñida de rojo sangre. También la hierba bajo los árboles donde la hermana Loeni y Toulan cuelgan los hilos para que se sequen se colorea de intensos tonos granates.

Al caer la noche, la hermana Ers y sus novicias sirvieron la cena sobre las rocas: más pan y queso, así como unos deliciosos pasteles rellenos de carne especiada y bayas de nirn secas, los cuales la hermana Ers solo hornea para la cosecha. Nos lo comimos todo, con los dedos enrojecidos. Luego, las hermanas encendieron dos fuegos, uno para ellas y otro para las novicias y nos reunimos alrededor de la hoguera a charlar. El sol se hundía bajo la cremosa capa de nubes que cubría el horizonte en dirección oeste, como una bola dorada que se descolgaba lentamente. El océano, de un azul brillante, salpicado de vetas un poco más sombrías, susurraba con suavidad en la orilla. El cielo tenía el color de un melocotón maduro; sin embargo, por encima del fino manto nublado, se volvía de un intenso morado, el cual se iba haciendo cada vez más y más oscuro conforme una subía la mirada. Solo una estrella se había aventurado a aparecer por encima de nosotras. Algunos koans sobrevolaban con sus chillidos el cada vez más opaco mar. Heo dormía con la cabeza apoyada en mi regazo mientras el sol se hundía en el océano y el firmamento se volvía de color púrpura. El agua resplandecía repleta de tonalidades lila y turquesa, como una sábana de seda arrugada. Al cabo de un rato, allá a lo lejos, el Lucero de Primavera se iluminó por fin, claro y frío.

Los ojos me pesaban y la espalda me dolía de estar todo el día inclinándome hacia delante. La susurrante melodía del mar era como una nana soñolienta. Me encanta sentarme a contemplar cómo el cielo nocturno se arrastra por el agua. De hecho, yo aún luchaba contra el sueño mucho rato después de que el resto de las novicias se hubieran envuelto ya en sus mantas y se hubieran acomodado alrededor del fuego.

Jai era la única que seguía haciéndome compañía. Su mirada se hallaba posada de manera inquebrantable en el profundo azul del firmamento y sus ojos negros brillaban a la luz del resplandor apagado del fuego.

—¿No es lo más hermoso que has visto en tu vida? —le pregunté fascinada—. Es todo tan bello que casi duele por dentro.

Jai asintió y tragó saliva. Entonces me di cuenta de que le caían lágrimas de los ojos. Retiré con cuidado la cabeza de Heo de mi rodilla y me arrastré hasta ella. No parecía que fuera a tener otro ataque de pánico, simplemente estaba sentada mirando las estrellas y llorando en la quietud y el silencio. Cogí su mano y la estreché con fuerza. Así permanecimos sentadas durante un largo rato, conforme la noche se hacía cada vez más profunda a nuestro alrededor. Finalmente, Jai habló sin apartar la vista de las estrellas.

—Nunca llegará a ver esto. Unai, mi hermana. Nunca llegará a ver ninguna de estas cosas hermosas y maravillosas que yo estoy experimentando hoy aquí —dijo secándose las mejillas con la mano que tenía libre—. Eso es en lo que pienso, Maresi. En todo lo que ella nunca llegará a ver o a hacer.

—¿Está muerta?

—Está muerta. Muerta y enterrada —contestó. Me soltó la mano y se tapó los ojos—. Maresi, vi cómo la enterraban. Vi a mi padre y a sus hermanos echar tierra sobre su rostro desnudo. Los vi aplastar la tierra sobre el lugar donde yacía. Los vi dejar sus palas y marcharse al pueblo, a beber y a celebrarlo. A celebrar que Unai se había ido, a celebrar que mi buena hermana ya no era su problema. Allí nos dejaron junto a su tumba, a mi madre y a mí.

Muchas de las que llegan a esta isla han perdido a personas a las que querían. Así que le cogí de nuevo la mano para demostrarle que la comprendía y que compartía su dolor. Sin embargo, tenía los puños cerrados y estaba rígida y distante.

—¡Unai, que nunca había hecho daño a nadie! Unai, que era la más obediente de las hijas. Juró que no había pasado nada con aquel chico con el que la habían visto hablar, pero padre no la creyó. Mi hermana venía del pozo y el muchacho le había pedido un poco de agua. Lo único que hizo ella fue dársela. Siempre era amable con todo el mundo. Ni siquiera sabía su nombre. Pero padre no creyó su historia y la llamó ramera. El chico pertenecía a la tribu de los miho, no a los koho, como nosotros. Eso empeoró aún más las cosas. No se nos permite bajo ningún concepto mezclarnos con ellos. Así que padre dijo que el honor de la familia estaba mancillado. Que ella debía morir. A menudo pienso en cómo se debió de sentir, Maresi.

En ese momento, Jai se giró hacia mí y acercó su cara a la mía. En la oscuridad, sus grandes ojos se veían tan negros como el carbón.

—Cada noche, cuando me acuesto, siento lo que ella sintió —prosiguió—. La boca llena de tierra. El peso de la piedra y el barro sobre mis pulmones, mis fosas nasales taponándose. Enseguida se me hace imposible respirar y me asfixio lentamente hasta la muerte mientras mi familia observa impasible lo que me ocurre, igual que mi querida hermanita, que mira y no hace nada para salvarme. Cada noche me transformo en ella, Maresi. ¡Cada noche soy Unai!

No pude evitar retroceder horrorizada.

—Quieres decir… —Noté cómo mi voz temblaba—. Quieres decir que ella…

—Estaba viva cuando la enterraron —susurró Jai—. Y luego pisotearon su tumba.

El tiempo estuvo de nuestra parte y pudimos quedarnos en la playa toda la semana. La cosecha fue buena y la hermana Loeni estaba contenta. La Madre estuvo con nosotras la mayoría de los días, aunque siempre volvía a la Abadía por la noche para ver cómo estaban las hermanas más ancianas que no habían podido venir con nosotras. La hermana Ers y sus novicias hicieron varias veces el viaje de ida y vuelta por la montaña, transportando a lomos de los burros la comida para saciar el hambre de las recolectoras de caracoles.

Al final de la semana, las novicias más pequeñas ya estaban perdiendo la paciencia y la disciplina. Cada vez eran más las ocasiones en que tenía que ir corriendo en busca de dos o tres de ellas que se habían ido solas a la playa o al bosque. No era obligatorio que trabajaran, pero tenían que permanecer a la vista mientras jugaban. El mar puede ser peligroso si no se tiene cuidado, y los bosques son grandes y es fácil que las niñas se pierdan.

Una tarde, traía a Heo y a Ismi de la mano tras una de sus escapadas cuando la Madre salió a nuestro encuentro. Sin soltarlas, me puse en cuclillas junto a las niñas.

—Debéis estar siempre donde podamos veros. ¿Y si os perdéis en el bosque y os quedáis sin cenar? Imaginaos el hambre que pasaríais. Hoy Cissil y Joem van a traer queso fresco y bollos de mermelada.

—Nos encontraríais a tiempo —replicó Heo con absoluta seguridad—. Siempre lo hacéis.

Dicho esto, la pequeña e Ismi salieron corriendo entre risas a jugar en las rocas.

La Madre se protegió del sol colocándose la mano a modo de visera sobre los ojos y las observó alejarse.

—Lo siento, Madre. Intento mantenerlas a raya, pero es difícil hacerlo mientras estoy trabajando —dije a medida que me levantaba.

Yo llevaba ya algunos años en la Abadía; sin embargo, la Madre solo había hablado directamente conmigo en un par de ocasiones. Ella tenía cosas más importantes que hacer que ponerse a hablar con las novicias.

—¿Te ha confiado la hermana Nummel a las novicias menores? —me preguntó conforme bajaba la mano.

—No, Madre —respondí alzando la vista.

La Madre volvió hacia mí su rostro arrugado. Nunca me había fijado en lo largas y profusas que eran sus pestañas.

—Sin embargo, las cuidas. ¿Por qué?

Me quedé pensando un instante mi respuesta.

—Les gusto. Y me necesitan, creo —dije con una sonrisa—. Yo las necesito. No echo tanto de menos a mis hermanos cuando puedo ayudar a otras.

—¿Te refieres a tu hermana?

La Madre sabía lo de Anner. A veces es fácil olvidarse de ello, pero ella conocía todo sobre las novicias. Yo asentí con la cabeza. Es posible que cuidar de las pequeñas de la Abadía fuera mi forma de compensar su muerte. Quería asegurarme de que no les pasara nada malo. Quería protegerlas como no pude proteger a Anner.

—También estás ayudando a Jai —afirmó dando por hecho que así era.

Miré a Jai, en ese momento caminaba encorvada por la orilla del mar iluminada por el sol.

—Ennike me ayudó mucho cuando llegué. Ahora me toca a mí hacer lo mismo.

—¿Te ha contado Jai por lo que ha pasado? —me preguntó la Madre echando a caminar por la linde del bosque, en dirección a la mesa de teñido de la hermana Loeni.

Yo la seguí. La suave brisa marina nos traía el sonido de las risas de las novicias. Olía a algas, a sal y a hierba pisoteada.

—Algo. Ya me contará más cuando esté preparada.

—Eres importante para ella, Maresi. No debes abandonarla.

Miré a la Madre sorprendida. Su tono se había vuelto muy serio.

—Claro que no, Madre.

—Bien. Quizá la hermana Nummel te llame para ser su novicia. Se te dan bien las criaturas —me dijo al tiempo que levantaba la mano para saludar a la hermana Loeni y su voz volvía a sonar normal.

¿La hermana Nummel? Nunca me lo había planteado. Tal vez. Me llevaba bien con ella y solíamos charlar sobre las novicias y sus problemas. Pero no acababa de verme comprometiéndome con una labor así. Por supuesto que me gustaba cuidar de las pequeñas, pero…

—En cualquier caso, ya eres responsable de ellas —añadió la Madre volviéndose de nuevo hacia mí con el mismo tono de voz grave e intenso de antes y con una mirada azul brillante como su pañuelo—. Si pasara algo, quiero que cuides de las jóvenes, Maresi. Te las confío. Quedan a tu custodia.

Acto seguido, me tocó la frente con un dedo y comprendí que sus palabras eran muy importantes. Yo asentí solemnemente. La Madre me miró un instante a los ojos y se fue sin decir palabra.

—¿Qué quería la Madre? —me preguntó Ennike con curiosidad acercándose a mí con una cesta vacía bajo el brazo y Jai pisándole los talones.

Pensé entonces en el modo en que la Madre me había mirado al hablar de Jai.

—Creo que la hermana Nummel podría llamarme para ser su novicia —respondí despacio.

—¿Y a ti te gustaría? —replicó Ennike—. Te gustan los niños, eso está claro.

—Creo que sí —contesté al tiempo que observaba a Heo y a Ismi saltando en la orilla del agua y simulando que montaban unos caballos invisibles.

Jai siguió mi mirada y, para mi sorpresa, añadió:

—A mí también me gustaría. Me gustan los niños pequeños. Tengo tres hermanos menores que yo. Me encargué de criarlos, como mínimo casi tanto como mi madre.

Ennike y yo nos miramos. Yo le había contado a ella lo de Jai y Unai. A nadie más. Pero como Jai pasaba tanto tiempo con nosotras, pensé que era mejor que Ennike lo supiera.

—Eres más que bienvenida si quieres echarme una mano con ellos —le dije—. Vamos a ver si conseguimos que recojan unos cuantos caracoles antes de la hora de cenar.

Después de la semana de la cosecha, la vida en la Abadía prosiguió como de costumbre, con sus clases, sus rituales y sus tareas cotidianas. Estábamos deseando que llegara la Danza Lunar y su posterior y maravilloso banquete de celebración. Por la noche, soñaba con las tartas y los huevos de koan que poblaban nuestra mesa en esas fechas.

Mientras tanto, la hermana O se centraba en explicarnos cómo funcionaba el mundo.

—Hay mucha gente en todas las tierras conocidas que adora a dioses falsos. Eligen a héroes de las leyendas y los convierten en dioses. Rezan a monstruos marinos gigantes o crean divinidades a su imagen y semejanza a las que les ofrecen sacrificios.

La hermana O, situada frente a todas nosotras, nos instruía en el aula. El viento procedente del mar entraba por la ventana abierta, traía consigo el resto de los sonidos característicos de principios del verano: el zumbido de las moscas, los chillidos de las aves marinas, el suave balido de los cabritillos recién nacidos en el establo.

—Sin embargo, es la Primera Madre quien dio vida al mundo. Todo el poder proviene de ella —continuó la hermana O—. Su energía fluye a través de la tierra como lo hace la sangre por nuestras venas. Pero hay personas que sajan a la Primera Madre y succionan su sangre, que utilizan su poder para su propio beneficio.

—Aunque también hay otras formas de utilizar el poder de la Primera Madre —señaló Ranna.

Tanto ella como su hermana Ydda son novicias de la hermana Kotke, de modo que sus ropas están siempre un poco húmedas y arrugadas por el vapor del Manantial del Cuerpo. Me caen bien. Son fuertes y no les asusta el trabajo duro. Aunque son muy reservadas, siempre han sido amables conmigo.

Ydda asintió mirando a su hermana y añadió:

—Sí. En nuestra tierra, Lavora, hay una leyenda acerca de una niña que era capaz de invocar al viento y mover montañas con su canto. Pero no lo hacía aprovechándose de manera egoísta del poder de la Primera Madre. Lo hacían las dos juntas.

—Esa leyenda es muy antigua —replicó la hermana O—, pero tienes toda la razón. Aprendió a oír la voz de la Primera Madre y a cantar en armonía con ella. Hay muchas historias como esa, más recientes, sobre mujeres que aseguran haber visto a la Primera Madre. Muchos son sus rostros y sus nombres, pero da igual cómo se la llame, está en todas partes. La pequeña Heo, por ejemplo, que está ahora en el aula de al lado, es descendiente de una mujer acadia que ayudó a la Primera Madre a vengarse de un hombre que la había ultrajado. Se dice, de hecho, que llegó a ver su rostro.

—¿Cómo puede alguien utilizar el poder de la Primera Madre? —preguntó Dori mientras Pájaro le picoteaba cariñosamente la oreja.

—Todas las mujeres llevan dentro de sí a la Primera Madre —contestó la hermana O al tiempo que levantaba su dedo de forma ominosa—. Hay muchas formas de invocar su poder. Gran parte de este conocimiento se ha perdido hoy en día. Antiguamente, estábamos más en contacto con nuestros orígenes, los recordábamos mejor. Es posible incluso que la presencia de la Primera Madre dentro de nosotras fuera mayor. La gente, poco a poco, ha ido explotando su poder y arrancándolo del mismo suelo que pisamos y del cual procede.

—¿Y cómo permite la Primera Madre que eso ocurra? —preguntó Ennike enfadada—. ¡No está bien!

—No, no está bien, pero la Primera Madre rara vez se involucra en los asuntos de los mortales. Los seres humanos somos responsables de nosotros mismos y de nuestras propias vidas. Ese es el don que nos ha dado.

—¿Qué quiere decir lo de arrancar el poder de la Primera Madre? —pregunté.

—Nadie lo sabe con seguridad. Se menciona en las escrituras de las Primeras Hermanas, pero son textos difíciles de entender. Por lo que sabemos, el poder de la Primera Madre se había visto extensamente explotado y debilitado en la tierra natal de las Primeras. Sin embargo, estas, sabiendo que tal conocimiento era peligroso y que casi siempre se utilizaba de manera equivocada, codificaron las escrituras para que nadie pudiera continuar beneficiándose de manera egoísta de dicho poder. No querían que cualquiera que fuera capaz de leerlas aprendiera a través de ellas el modo de lucrarse y esclavizar a sus semejantes.

—¿Por qué los hombres no pueden venir a la isla?

Era la primera vez que Jai hacía una pregunta en clase. Todas las miradas se volvieron hacia ella. Sin embargo, la hermana O no pareció ver nada inusual en ello.

—Esta es tierra sagrada. Las Primeras Hermanas lo supieron nada más llegar. El poder de la Primera Madre es muy fuerte aquí. Su sangre corre cerca de la superficie. En distintas partes del mundo, adoran un aspecto u otro de ella. En unos se venera a la Doncella, en otros a la Madre y en otros pocos a la Anciana. Aquí conocemos su verdad: ella es las tres cosas. Todas sus facetas están presentes por igual. El principio, la continuación y el final. Tal vez, las Primeras Hermanas decidieron que los hombres no debían venir jamás a la isla para proteger la Abadía. Tal vez fuera por alguna otra razón. El caso es que así ha sido desde entonces. De hecho, circulan rumores en el mundo exterior acerca de una maldición que caería sobre el hombre que pusiera un pie en Menos. No es nuestra intención, desde luego, desmentirlos —concluyó la hermana O esbozando una sonrisa irónica.

Jai se inclinó hacia delante.

—Pero ¿qué pasaría si vinieran?

—Ya ocurrió una vez. Cuando los ladrones atacaron a las Primeras Hermanas —respondí yo rápidamente—. ¿Recordáis la historia que os conté?

—Sucedió también en otra ocasión —añadió, para mi sorpresa, la hermana O—. Un hombre solitario llegó aquí hace varias generaciones en busca de auxilio y protección. La Abadía le dio refugio y curó sus heridas.

—¿Por qué? ¿Por qué lo permitió la Primera Madre? ¿Por qué lo permitió la Abadía? —preguntó Jai con la voz tensa mientras cruzaba los brazos con fuerza.

—Los hombres no son nuestros enemigos, Jai. Aquel hombre necesitaba nuestra ayuda y se la dimos por nuestra propia voluntad. Nosotras somos las guardianas de la sabiduría de la Primera Madre, pero dicho conocimiento ha de estar al servicio de todas las personas.

Un día, al terminar la clase, la hermana O me llamó justo cuando estaba a punto de salir del aula. Jai se detuvo en el umbral de la puerta y se quedó mirándonos. La hermana O le hizo un gesto para que se marchara.

—Tú lees todas las noches en la biblioteca, ¿verdad? —me dijo.

Yo asentí con la cabeza. La hermana O observó el mar a través de la ventana. Siempre va muy achaparrada y, para compensarlo, ha de levantar la barbilla para no mirar al suelo. Su cuello tiene forma de ese; de hecho, parece un ave zancuda que llevara un pañuelo azul en la cabeza.

—¿Eres capaz de leer todo tipo de libros?

—No. Los más antiguos no. Ni los que escribieron las Primeras Hermanas en su lengua originaria. Tampoco los que trajeron del Este.

—¿Te gustaría aprender a hacerlo? —me preguntó volviendo su atención hacia mí.

Más de una vez me había quedado contemplando los libros y pergaminos viejos de la Cámara del Tesoro preguntándome cuál sería su contenido. Odio no poder leer todo lo que hay ante mis ojos. Es como si un secreto maravilloso me estuviera vetado delante de mis propias narices, o como si un delicioso trozo de pastel de carne con especias se me escapara cada vez que extendiera la mano para agarrarlo.

Asentí con expectación.

—¡Sí! Siempre me he preguntado qué tipo de conocimientos trajeron consigo las Primeras Hermanas.

—Muchos de ellos ya han sido interpretados desde entonces.

—Sí, pero, como tú dices, ¡nunca es igual una interpretación que aprender algo por una misma!

La hermana O sonrió con sorna ante mi impaciencia.

—Si de verdad te interesa, podría enseñarte unas cuantas cosas básicas de su lengua. Pero eso significa que tendrías que venir una o dos veces a la semana después de clase a mis aposentos… ¿Estarías dispuesta?

—¿Podemos empezar ahora mismo? Por favor… —le respondí cogiéndole de la mano.

De haberme atrevido, en aquel momento habría sido capaz de tirar de ella y llevarla a rastras hasta su habitación.

—Um… Tengo que preguntarle a la Madre primero. Pero, si ella da su bendición, podríamos empezar mañana.

La Madre no puso objeciones a la propuesta, así que, al día siguiente, comencé mis clases particulares de lengua oriental con la hermana O. Jai no quería quedarse a solas ni un momento y se negó a ir a ninguna parte mientras yo me encontrara ausente. Se sentó en el patio del templo y esperó a que yo terminara. Heo, o alguno de los gatos que merodeaban por la Abadía, solían hacerle compañía durante aquellos ratos.

Cuando llegué a la isla, no tuve más remedio que aprender el idioma de la costa. Me aterrorizaba no entender lo que la gente decía a mi alrededor. Además, nadie me dio clases, por lo que tuve que asimilar todo lo que oía lo más rápido posible. Sin embargo, en esta ocasión, me guiaba la curiosidad, no la necesidad. No obstante, no pude evitar sentirme un tanto abatida al descubrir que aprender un idioma así, sin oír a nadie hablarlo, era mucho más lento y difícil. La hermana O no sabía cómo se pronunciaban las palabras escritas, de modo que tardaba una eternidad en entender cada texto. Se burlaba de mis quejas y solía murmurar en voz baja su sorpresa ante mis, según ella, rápidos avances.

Todas las tardes las pasaba en la Cámara del Tesoro intentando descifrar el contenido de los libros más antiguos. Al principio, solo era capaz de reconocer algunas palabras aquí y allá. No obstante, a medida que la luna iba cambiando de fase, fui comprendiendo más y más. Y, cada vez que me encontraba con una palabra que me era desconocida, echaba a correr por los pasillos de la Casa de las Hermanas en busca de la hermana O. Siempre se quejaba por mi intromisión, pero acababa respondiendo a mis preguntas. Así de buena es ella. La hermana Loeni, en cambio, rechazaba con frecuencia solventar mis dudas y con el ceño fruncido me contestaba: «Ahora no, Maresi» o «Haces demasiadas preguntas, Maresi». La hermana O podía refunfuñar y decirme que dejara de molestarla, pero al final siempre me daba una respuesta.

Había tantos libros apasionantes en los que profundizar. La hermana O tenía razón cuando me dijo que el contenido de muchos de ellos había sido reescrito e interpretado en textos más modernos que yo había leído. Pero todo suena tan diferente expresado en la ancestral y poética lengua oriental... Hay cantidad de matices y detalles que se han perdido con las traducciones; además, el mero hecho de ser capaz de leer las palabras originales que las propias Primeras Hermanas escribieron era maravilloso. Yo había comenzado a oír hablar de ellas nada más llegar a la isla. Toda la historia de la Abadía estaba impregnada de su presencia. Desde que aprendía su lengua, para mí era como si cobraran vida de nuevo.

Había un breve texto sobre la sangre, escrito por Garai, la que creó el Jardín del Conocimiento, que contenía un párrafo en el que se hablaba de unas plantas que sirven para fortalecer la sangre, de otras que la restañan y de otras que son capaces de retrasar la menstruación de una mujer. En otro capítulo, nos describe la sangre de la Primera Madre, cómo corre por el mundo, las técnicas para extraerla y los riesgos que conlleva hacerlo. También decía que esa sangre primordial puede obtenerse mezclando la sangre de las tres caras de la Triple Diosa. La verdad es que se trataba de un capítulo difícil y no lo entendí del todo. Otro trataba sobre la sangre femenina de la sabiduría y de sus usos potenciales, y explicaba que hay ciertos rituales que han de ser realizados solo por mujeres que aún conserven esa sangre. Cuando le pregunté a la hermana O qué era la Sangre de la Sabiduría, me respondió secamente que las Primeras Hermanas creían que la menstruación femenina tenía poderes mágicos.

Había un pergamino de aspecto particularmente antiguo que relataba la huida de las Primeras Hermanas de su tierra natal, Karenokoi. Hablaba de las muchas dificultades a las que tuvieron que hacer frente durante el viaje y su final desembarco en la isla, cuando la nave en la que iban se vio arrastrada por una enorme tormenta. Yo ya había oído la historia muchas veces; sin embargo, esta versión revelaba algo nuevo:

«He aquí la crónica escrita de los acontecimientos que tuvieron lugar tras la llegada a Menos del navío Naondel con las siete hermanas de Karenokoi a bordo. Nuestros nombres son Kabira, Clarás, Garai, Estegi, Orseola, Sulani y Daera. A ellos hay que sumar el de Iona; se extravió, pero siempre será parte de nosotras y de nuestra fuerza».

No sabía que había habido una octava. Iona.

Otro libro trataba única y exclusivamente del cabello, lo que me pareció extraño. En él, había capítulos enteros dedicados a los distintos tipos de peines —los cuales, por lo visto, han de ser de cobre— o al modo en que ha de ser usado el cabello para invocar la cólera de la Primera Madre. Había asimismo volúmenes sobre métodos de curación, otros sobre las obras de construcción de la Abadía y muchos otros que no habían sido escritos por las propias Primeras Hermanas. Uno en concreto trataba sobre cómo manipular el mundo, pero me pareció muy difícil de entender para mí. Me encontré también con una pila enorme de libros sobre la historia de las tierras del Oriente, de los cuales hojeé varios tratando de imaginarme cómo serían aquella gentes y lugares lejanos.

Una noche, de camino a la Cámara del Tesoro, pasé por delante de la puerta de la cripta de la Casa del Conocimiento y me di cuenta de que entendía la inscripción que había grabada en ella. Estaba escrita en lengua oriental y, aunque siempre había sabido lo que decía, era la primera vez que podía leerla por mí misma:

«Aquí yacen las siete hermanas, unidas por el amor y el trabajo». Palabras sencillas pero hermosas. Luego, se hallaban grabados los siete nombres: Kabira, Clarás, Garai, Estegi, Orseola, Sulani y Daera. Un poco más abajo, se podía apreciar algo que yo siempre había pensado que no era más que un símbolo decorativo; sin embargo, como pude entender entonces, se trataba de una I escrita con caligrafía florida. Una I de Iona.

La puerta de la cripta, en realidad, no da la impresión de ser una puerta. El pasillo que recorre la Casa del Conocimiento se halla flanqueado por medias columnas molduradas en los muros y, en un hueco entre dos de esos pilares, figura en bajorrelieve la inscripción acerca de las siete hermanas. No hay ninguna bisagra ni picaporte visibles; así que, si una no sabe que es el acceso al sepulcro, el encabezamiento solo parecería un adorno. Pero es una puerta. Y conduce al lugar más sagrado de la isla, donde reina la Anciana. Siempre que tenía que cruzarla, trataba de hacerlo lo más rápido posible. La Anciana representa la sabiduría y la muerte, así que, como es lógico, su lugar sagrado se encuentra en la cámara funeraria, bajo la Casa del Conocimiento. La sabiduría es muy importante para mí, por supuesto, pero con la muerte ya he tratado más que suficiente.

Durante el Invierno del Hambre, una puerta plateada se apareció en nuestra casa y permaneció allí día y noche. Nadie más de mi familia pudo verla, así que nunca les hablé de ello. Por aquel entonces, no sabía qué podía haber al otro lado. Pero sentía que era algo con un hambre insaciable, con una avidez incluso aún mayor que la que asolaba mi cuerpo en aquella época. La Anciana. El picaporte tenía forma de serpiente con ojos de ónix negro. En mi famélico delirio, el áspid se deslizaba silbando por el vértice de la puerta. La visión solo cesó cuando la Anciana hubo conseguido lo que quería.

Quería una vida. Quería a Anner.

Aún puedo sentir su frágil cuerpecito entre mis brazos. Lo poco que pesaba al final. Aún puedo escuchar los sollozos de mi madre y veo a mi padre encorvado sobre el ataúd que había hecho en el cobertizo.

Desde entonces siempre tuve miedo de la Anciana y la cripta era el único lugar de toda la isla que me aterraba.

Jai me acompañaba siempre a leer los antiguos pergaminos después de cenar. A veces, se los recitaba en voz alta y ella los escuchaba con interés y me hacía preguntas.

Después de aquella noche en la playa en la que me había hablado de su hermana estaba más tranquila y relajada. Tenía la confianza suficiente para conversar sin necesidad de que nadie le hubiera dirigido la palabra antes, al menos con aquellas personas con las que se sentía cómoda: Ennike, Heo y yo. De hecho, aunque solo fueran cuatro o cinco cosas aisladas, llegamos a saber algo acerca de su infancia. Su madre había tenido varios abortos involuntarios después de que ella naciera, de modo que casi había perdido la esperanza de dar hijos varones a su marido. Sin embargo, Jai llegaría a tener tres hermanos pequeños: Sorjan, Doran y Vekret. Tras este último, su padre se dio por satisfecho y abandonó el lecho de su esposa para siempre. La noche después de que lo hiciera, Jai y Unai oyeron a su madre llorando. Cuando a la mañana siguiente le preguntaron qué le pasaba, si es que echaba mucho de menos a su marido, ella sonrió entre lágrimas.

—No. Soy más feliz que nunca.

Descubrimos también que Jai siempre había odiado hacer las conservas en otoño, el fuerte olor a vapor de vinagre en la cocina y tener que cortar la verdura en dados muy finos. Lo que siempre le gustó fue, en cambio, machacar en el mortero la mezcla de diversas especias que preparaba su madre.

Ella nunca había visto la nieve, así que cuando Heo y yo intentamos explicarle lo que era, se echó a reír por primera vez desde que la conocíamos. Su risa era sorprendentemente ligera teniendo en cuenta la gravedad de su voz.

—¡Algo frío y blanco que cae del cielo! Qué cosas más graciosas dices, Heo.

—¿No has visto el gorro blanco de nieve de la Dama Blanca? —le pregunté con una sonrisa un tanto exasperada.

Jai negó con la cabeza. Entonces me di cuenta de que, para ella, el manto blanco que cubría el pico de la montaña debía de antojársele hecho de flores o piedras.

El momento que menos me gusta de la primavera es cuando bajamos al Manantial del Cuerpo y vemos a la hermana Kotke esperándonos con una gran sonrisa.

—Hora de la colada primaveral —nos saluda disfrutando claramente con nuestras protestas.

Nada más acabar el desayuno, todas las novicias se reúnen en el patio central con Ydda, Ranna y ella. Las tres lo tienen ya todo preparado: las grandes tinajas de lavado, el fuego en la chimenea de piedra cerca del pozo y la gran olla de hierro llena de agua colgada sobre él.

—Ya sabéis lo que hay que hacer —dice, y nos hace salir escopetadas en dirección a la Casa de las Novicias y la Casa de las Hermanas.

Allí quitamos todas las sábanas, vaciamos los armarios y recogemos el resto de las mantas y los edredones. Al cabo de unos minutos, volvemos al patio cargando con todo y lo extendemos sobre el pavimento de piedra. A continuación, la hermana Kotke, Ydda y Ranna revisan las sábanas y demás ropa de cama. La clasifican en varios grandes montones, deciden qué es lo que puede seguir usándose, qué es lo que ha de ser remendado y qué se puede reciclar para hacer trapos. Mientras tanto, Ennike y yo vigilamos la inmensa olla y, en cuanto el agua está hirviendo, la llevamos entre las dos hasta las tinajas de lavado. Acto seguido, vertemos el contenido en su interior con mucho cuidado de no quemarnos en el proceso. Luego, la hermana Kotke, con sus manos arrugadas, introduce la extensa colada en las tinajas llenas de agua caliente y corta varios trozos de jabón. Unas novicias se encargan de removerlo todo con unas largas y blancas palas desgastadas por el uso, mientras que otras van sacando agua del pozo, para ponerla a hervir en la olla y rellenar las tinajas.

Lavar la ropa es lo más aburrido del mundo. Normalmente, la hermana Kotke y sus novicias se ocupan ellas solas de dicha tarea. Sin embargo, la colada primaveral tenemos que hacerla todas juntas. Cuando por fin hemos terminado en el Manantial, lo cargamos todo en un carro y tiramos de él hasta la playa. Allí, fregamos todo contra las piedras y lo aclaramos en el mar. Por último, lo colgamos al sol y, mientras la brisa procedente del océano hace su labor de secado, nosotras nos sentamos a comer y a descansar un rato. Una vez que la colada está seca, cogemos aguja e hilo y comenzamos a remendar lo que está roto o hecho jirones. Tarea que yo diría que es incluso más aburrida que lavar la ropa.

Jai y yo estábamos sentadas una al lado de la otra en un banco a la sombra, remendando los desgarrones de unas sábanas de lino recién lavadas, cuando me pareció que tal vez le vendría bien charlar de su hermana.

—Háblame de Unai —le dije armándome de valor mientras mordía el hilo de coser—. ¿Cómo era?

Su mano se quedó paralizada. Sin embargo, al cabo de unos instantes, Jai continuó hilvanando puntadas. Yo emití un suspiro que había estado conteniendo más tiempo del que creía. Todavía me preocupaba asustarla, provocar el pánico y el horror que se apoderaron de ella cuando Heo le había preguntado por Unai.

—Unai era dos años mayor que yo. Como todos los hombres, mi padre quería un hijo varón como primogénito. Las dos fuimos una decepción para él —dijo Jai al tiempo que le daba la vuelta a la sábana sobre sus rodillas y seguía zurciéndola—. Unai siempre fue una buena hija. De hecho, se esforzaba por ser exactamente el tipo de chica koho que mi padre quería que fuera: buena, obediente y discreta. Ella quería complacerlo. Y yo quería ser como mi hermana.

De repente, dejó la costura, alzó la cabeza y perdió su mirada en el patio.

—El mejor momento del día era siempre justo antes de que los hombres volvieran a casa de los arrozales. Era entonces cuando Unai y yo, si ya habíamos terminado nuestros quehaceres diarios, nos subíamos al tejado y nos sentábamos juntas. A veces, si tenía tiempo, se nos unía mamá y bebía soma con nosotras. El soma es una bebida muy refrescante hecha de menta, azúcar y una pequeña y ácida fruta silvestre llamada cerre, que crece en las montañas. Siempre estaba tan frío que el cuenco en el que lo bebíamos se ponía a gotear en el cálido aire de la tarde. Nos sentábamos allí con la puesta de sol tras las montañas y charlábamos de nuestras cosas. Y aprovechábamos para reírnos. A mi padre no le gustaba que las mujeres se rieran.

Ella esbozó una leve sonrisa.

—No, probablemente el mejor momento del día fuera por la noche. Primero nos ayudábamos con el pelo —continuó Jai mientras se acariciaba la nuca, un poco cohibida—. Las mujeres koho llevan el pelo recogido. Nunca se nos veía con el pelo suelto, como aquí.

»Cuanto más recogido, mejor. Así que por la noche una tarda mucho en soltárselo. Es más fácil si tienes a alguien que te ayude. Luego, cuando nos metíamos juntas en la cama que ambas compartíamos, Unai me contaba todas las cosas que había hecho bien ese día y todas aquellas que podía hacer mejor. Al mismo tiempo, me daba un masaje en el cuero cabelludo, que me dolía de llevar el pelo todo el día tan fuertemente atado.

»Unai quería de verdad que fuera una mujer buena. Que respetara las tradiciones, que fuera obediente y sumisa, para que mi padre estuviera contento con las dos. Yo deseaba serlo también, pero más por estar a la altura de mi hermana que por agradarle a él. Hubiera hecho cualquier cosa que Unai me pidiera. Pero me resultaba imposible ser tan dócil como lo era ella. Le parecía lo más natural del mundo agachar la cabeza en presencia de padre, no mirarlo a los ojos, ni a él ni a cualquier otro hombre, y, sin importarle los insultos que él le lanzara, responder: "Sí, padre". Cuando la pegaba, ella decía que había sido culpa suya, que no había hecho sus deberes lo bastante rápido o con el suficiente esmero.

»Yo nunca fui así. A mí me costaba ser obediente. Una fuerza en mi interior se rebelaba contra ello. Aunque, por mi hermana, hacía lo que podía. A veces, si padre no estaba satisfecho conmigo por algo, descargaba su ira contra ella en vez de contra mí. Sin embargo, yo nunca pude convencerme de que fuera culpa mía que él recurriera a la vara... ¿Te pegaba a ti tu padre si no le traías el soma lo bastante rápido? ¿Si la comida no era de su agrado o si derramabas algo por accidente al servirle a él o a tu hermano?

Yo negué con la cabeza.

—Mi padre nunca me habría pegado, ni a mí ni a ninguno de mis hermanos. Y yo no tenía que servirle. Ni a él ni a nadie —respondí.

Jai abrió un poco más los ojos, como reafirmándose en sus argumentos.

—Eso es lo que yo siempre pensé que era lo normal. Sin embargo, Unai estaba convencida de que nuestras vidas serían más fáciles si aprendíamos a estar a la altura de las expectativas de padre.

Acto seguido, cerró los ojos, inclinó la cabeza y tragó saliva.

—Fue una buena hija toda su vida. Y, al final, no le sirvió de nada... —prosiguió Jai con la voz ahogada por el dolor—. Ni siquiera trató de escapar de la fosa cuando la metieron en ella. Podría haber intentado huir, haberse resistido, haber luchado por su vida... Padre le echó primero tierra sobre el cuerpo. Dejó la cabeza para el final. Para que muriera con los ojos abiertos. Mi hermana no se movió ni lo más mínimo hasta que el peso de la tierra sobre su pecho fue demasiado, hasta que el pánico se apoderó de ella no hizo amago de forcejear. Pero ya era demasiado tarde.

Entonces, dejé caer la sábana blanca que tenía entre mis manos y la abracé con fuerza. Me resultaba imposible entender semejante maldad, que hubiera lugares en el mundo donde la gente pudiera hacerse cosas así.

—Santa Diosa... —susurré sobre su pelo, que olía a jabón y a lino blanqueado por el sol—. Doncella, Madre, Anciana, a todas tus caras te rezo. Alivia la carga de esta chica.

A continuación, Jai se enderezó, me apartó los brazos de encima y me miró. Sus ojos marrones brillaban bajo sus afiladas cejas.

—No necesito alivio, Maresi. Pero reza por mí. Reza para que llegue el día en que pueda vengarme.

De repente, su rostro me daba miedo. Su dolor y su ira iban más allá de lo que yo era capaz de comprender. Yo también sufría por Anner, pero nunca había experimentado deseos de venganza.

Aparté la mirada y me agaché para recoger mi costura del suelo.

—¿Cómo llegaste aquí? —le pregunté.

—Por madre —respondió Jai un tanto confusa bajando la vista hacia la sábana que reposaba sobre su regazo, como si no supiera muy bien qué hacía allí—. Tras perder a Unai, decidió desobedecer a padre por primera vez en su vida. La noche después de enterrar a mi hermana, vino a mi habitación. Yo estaba despierta, pero al principio no entendí nada. Me vistió y me peinó sin decir ni una palabra. A continuación, escondió bajo mi ropa un hatillo de tela en el que había envuelto todas sus joyas, las de Unai y las mías. Luego, me condujo al exterior de la casa, donde un hombre me esperaba a las riendas de un carro tirado por un burro. No sé cómo consiguió hacerse con sus servicios. No pude preguntárselo. «Te vas a la Abadía», me dijo. «Allí estarás a salvo. Perdí a mi otra hija, pero tú te salvarás».

»Ya habíamos oído hablar de la Abadía Roja en las historias y canciones que madre y nuestras tías nos cantaban a veces, cuando los hombres no estaban en casa. Siempre pensé que era un mito. Sonaba tan increíble… Un lugar lleno solo de mujeres, donde a los hombres no les estaba permitida la entrada. Era incapaz de imaginarme cómo se las arreglarían. Cómo sobrevivían. A mí me habían enseñado que una mujer no es nada sin un hombre.

»No sé si mi madre supo siempre que la Abadía era algo más que una leyenda. Pero sí fue consciente de inmediato de que, sin Unai, yo nunca estaría a la altura de las expectativas de padre. Y alguien que ha matado una vez no duda en volver a hacerlo. No dijo nada más. Tan solo me besó en la frente y me apartó de su lado. Ni siquiera se quedó a ver cómo se alejaba el carro.

Jai abrió los ojos, los cuales había mantenido cerrados al final de su relato. Contempló el cielo azul de la mañana, mirando directamente al sol como si quisiera que su calor y su fuego limpiaran algo en su interior.

—Estuvimos viajando toda la noche. Solo paramos al mediodía siguiente para que los burros pudieran descansar un poco. El hombre parecía muy nervioso. Creo que madre le pagó para que me llevara hasta el mar, pero me dejó en el primer pueblo al que llegamos. Ni siquiera sé cómo se llamaba. Lo más probable es que tuviera miedo de lo que padre pudiera hacerle si se enteraba. Así que, de repente, en mitad de una callejuela, me echó de la carreta y se marchó sin mirar atrás. Me quedé en mitad de la calle, rodeada de extraños, sin saber dónde estaba ni adónde ir. Estaba muy asustada, Maresi. Yo jamás en mi vida había hablado con otro hombre que no fuera alguno de mis parientes varones. Me sentía tan sola... Siempre había tenido a Unai a mi lado.

Jai bajó su rostro hacia la costura y empezó a dar puntadas un poco como al azar.

—Fue una mujer la que me salvó. Nada menos que de la tribu de los joi, alguien que había sido educada desde pequeña para odiar y despreciar a los míos. Me vio allí perdida y me dijo que una mujer de mi clase no debía ir sola por la ciudad sin un acompañante masculino. Yo me eché a llorar. Entonces, ella me llevó a su casa, que era pequeña y modesta, pero no sucia ni impía, como me habían dicho que eran los hogares de los joi. Era limpia y respetable. Se lo conté todo. ¿Qué otra cosa podía hacer?

»Ella también conocía la existencia de la Abadía. Yo siempre había creído que los joi eran unos ignorantes que no sabían hacer otra cosa que trabajar servilmente. La mujer me dio alguna ropa suya y me vistió como las mujeres de su tribu. Aquella fue la primera vez que alguien, que no era mi madre ni Unai, me veía con el pelo suelto. Me dijo que me cosiera el hatillo con las joyas al dobladillo del sayo; así lo hice, si bien escondí un anillo bien dentro de mi cuerpo. Me dio comida y alojamiento, pero, cuando me ofrecí a pagarle, se ofendió. Al día siguiente, su hermano vino y me sacó del pueblo. Nadie se percató de mí ni se detuvo a conversar conmigo. A fin de cuentas, ¿quién iba a fijarse o a querer hablar con una humilde joi?

»Una vez fuera, eché a andar. A veces me subía al carro de algún granjero o a la caravana de algún feriante. No había caminado tanto en mi vida, las plantas de los pies me sangraban. Después, gracias a que la piel se me endureció, fui capaz de proseguir el camino. En la siguiente localidad, me detuve en una fonda donde se alojaban campesinos joi. En ella pude descansar unos días y comer hasta recuperar fuerzas. Pero luego, una noche, me robaron. ¡Espero que quien lo hizo se muera sin luto y olvidado, enterrado en una tumba sin nombre! Tras aquello, el anillo que llevaba escondido pasó a ser lo único que me quedaba. El último tramo hasta el puerto tuve que hacerlo también a pie. Allí, por fin, encontré a un capitán de barco dispuesto a llevarme hasta aquí a cambio de la sortija. Estoy segura de que los marineros, de no haber sabido que en la Abadía les pagarían una cantidad mayor por mí, me habrían abandonado y robado también a la primera de cambio. En efecto, Madre les pagó generosamente.

—¿Y no pasaste hambre ni tuviste miedo? —le pregunté yo.

Jai seguía dando puntadas, a pesar de que le temblaba la mano.

—A todas horas.

De repente, un punto de color rojo oscuro se filtró a través de la sábana de lino que sostenía entre sus manos. No pude evitar soltar un grito ahogado al percatarme de que no era en la tela donde había estado clavando la afilada punta de la aguja, sino en su propia mano izquierda. Entonces, aparté con delicadeza el zurcido de entre sus manos. Ella siseó como un animal herido.

—Te das cuenta de que ella ya no está, ¿verdad, Maresi? Está muerta. Mi madre está muerta. Padre nunca permitiría que siguiera con vida…

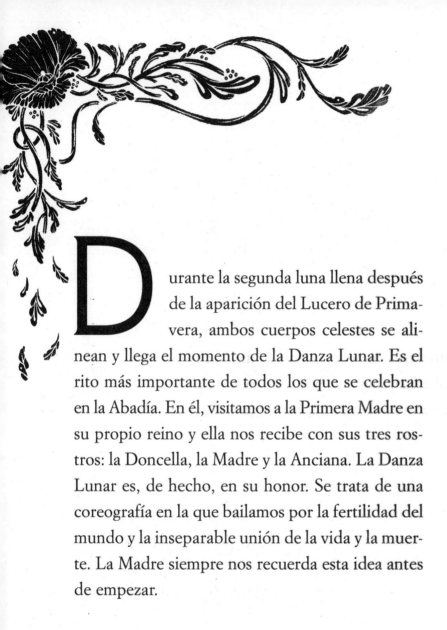

Durante la segunda luna llena después de la aparición del Lucero de Primavera, ambos cuerpos celestes se alinean y llega el momento de la Danza Lunar. Es el rito más importante de todos los que se celebran en la Abadía. En él, visitamos a la Primera Madre en su propio reino y ella nos recibe con sus tres rostros: la Doncella, la Madre y la Anciana. La Danza Lunar es, de hecho, en su honor. Se trata de una coreografía en la que bailamos por la fertilidad del mundo y la inseparable unión de la vida y la muerte. La Madre siempre nos recuerda esta idea antes de empezar.

Nos desvestimos en la playa. La noche era clara y la luna brillaba en lo más alto, nos observaba rodeada de su séquito de estrellas. Ella es la que rige las mareas de los océanos y la sangre de las mujeres, la que inyecta energía a todo aquello que vive y crece en este mundo, la que mide el tiempo y reina sobre la muerte. La luna, a cuya imagen fue creada la mujer, la Luna, la Diosa, escucha nuestras penas y comparte nuestras alegrías.

Todas nos colocamos en hilera, alternándonos hermanas y novicias. La Madre, a la cabeza de la fila, empezó a cantar. Más que una canción, era una especie de lamento sin palabras, el cual se extendía por la bahía y nos rodeaba conforme nos acercábamos caminando a la playa, hacia el cabo que conforma el extremo meridional de la ensenada. Guiadas por la Madre, llegamos al Círculo de la Doncella Danzante, un laberinto de piedras lisas y redondeadas como las que discurren a lo largo de la playa. Es una formación rocosa que está allí siempre, fuerte y eterna, pero solo vamos una vez al año, durante la Danza Lunar.

Una sucesión de antorchas encendidas clavadas a la tierra delimitaba el espacio, haciendo que la oscuridad circundante pareciera aún más oscura y profunda. Cuando alcé de nuevo la vista hacia el cielo, me di cuenta de que la Luna parecía ser más grande que antes, como si el canto de la Madre la hubiera aproximado a nosotras. La noche era fresca. Las piedras bajo mis pies estaban frías. Sin embargo, yo no sentía escalofríos. La canción de la Madre me había hecho entrar en calor.

Ella fue la primera en entrar y salir bailando del laberinto. En realidad, el Círculo de la Doncella Danzante no es un laberinto en el que una pueda perderse, sino más bien una puerta de entrada a otra realidad, al reino de la Diosa, aquel en el que la vida y la muerte se funden en una. La Madre levantó una pierna y, con grandes zancadas, procedió a dar una serie de pasos, evitando cuidadosamente posarse sobre las piedras que formaban el laberinto. Tocarlas trae muy mala suerte. Ella ya es una experta; de hecho, ha bailado la Danza Lunar en infinidad de ocasiones y jamás las ha rozado, ni una sola vez. Al llegar a la mitad del recorrido, se detuvo y empezó a girarse muy despacio, al tiempo que la melodía de su canto comenzaba a tener letra. Una letra sobre la Diosa, palabras de la propia Diosa. Palabras de elogio y alabanza, palabras temblorosas y sobrecogidas, palabras de augurio y adivinación. Era un canto difícil de entender e interpretar. Un canto sobre el peligro, sobre la sangre, sobre la sangre de la vida y el derramamiento de sangre, sobre las sombras que se acercaban cada vez más y más.

Al cabo de unos instantes, de una en una, hermanas y novicias nos unimos al canto y comenzamos a bailar por el laberinto. Cada una lo hacía a su manera, añadiendo frases nuevas a la canción, de tal forma que el himno de adoración iba creciendo como la misma marea del océano. Sin embargo, solo la Madre cantaba con la voz de la Diosa misma.

Al principio, cuando le llegó su turno y sintió la fuerza de atracción del laberinto, Jai no pudo evitar levantar las manos aterrorizada. No obstante, la Luna dijo su nombre y le abrió los labios para que ella pudiera unir su canto al de las demás. Sus cabellos rubios reflejaban la luz lunar, así como la de las antorchas, y brillaba en la oscuridad en tonos plateados y dorados al mismo tiempo. Las cicatrices de su delgado cuerpo refulgían en rojo sobre su blanca piel. Nada más dar el primer paso, sus brazos se extendieron hacia los lados y Jai comenzó a girar sobre sí misma. Primero despacio, conforme iba adentrándose en el laberinto, pero luego cada vez con más ardor. El vaivén de la melodía colectiva se mantenía a su alrededor. ¿Cómo no iba a tocar una piedra si seguía dando vueltas de aquel modo? Yo, la única que quedaba por cantar y danzar, ardí en deseos de precipitarme para detener a Jai. Pero la Madre continuaba con su canto, firme y claro, mientras que el resto de las presentes, niñas y mujeres, bajaban la voz para atraer a Jai hacia el interior del laberinto. Giraba tan rápido que el pelo le azotaba la cara y su silueta se volvía borrosa. Al llegar a la mitad del recorrido, sus movimientos se aceleraron aún más. Yo no daba crédito a lo que veían mis ojos. La arena comenzó a arremolinarse a su alrededor, el crepitar de la llama de las antorchas se volvió frenético y la Luna misma descendió hasta besar sus cabellos ondeantes. Hermanas y novicias continuaron entonando sin cesar, y Jai cantaba con ellas. Así hasta que, entre todas, sacaron a Jai del laberinto.

No tocó ni una sola piedra.

Entonces, llegó mi turno. Era la última que quedaba. En cuanto di el primer paso, la canción brotó de mi garganta y estalló de mis labios como de forma involuntaria. Yo la oía retumbar en mis oídos, pero mi boca no era consciente de hallarse emitiendo aquellos sonidos. Sentía el calor de las antorchas en mi piel, pero era incapaz de verlas. Lo único que veía era la Luna.

Una luna enorme. Tan cerca de mí que, si estiraba la mano, podía tocar su fría mejilla. Ocupaba todo mi campo de visión, me llenaba con su música. Ahora lo entendía: se trataba de la vida y de la muerte. Entregué mi cuerpo a la canción y dejé que esta guiara mi baile a través del laberinto.

Aquella no era la primera vez que participaba en la Danza Lunar. Siempre había sentido que la fuerza del plateado cuerpo celeste me inundaba de la cabeza a los pies, que me volvía salvaje, poderosa y libre. Pero en aquella ocasión era diferente. La Luna era más grande que nunca. Su energía hacía vibrar el aire. Su luz palpitaba de tal modo que todo a mi alrededor se volvió curvo y borroso: las mujeres apostadas en los límites externos del laberinto, las rocas que nos rodeaban, el mar oscuro en la distancia. Era como mirar a través del fondo de una botella de vino valleriano. La canción continuaba dirigiendo mis pasos, siempre firmes y precisos, sin tocar ni una piedra.

De repente, algo se alzó en el centro del Círculo de la Doncella Danzante. Una imagen nítida y estable, la única en mitad de aquella noche vibrante y temblorosa. Era una puerta, alta y estrecha, iluminada por la brillante luz de la Luna. Estaba cerrada. Sin embargo, yo podía sentir las tinieblas que acechaban al otro lado. Eran tan profundas que ni siquiera la plateada luz selénica era capaz de penetrarlas. Era la misma puerta que había visto el Invierno del Hambre. Tras ella, aguardaba la Anciana.

De repente, me sentí atenazada por un miedo que se abrió camino en mí, más allá del trance y la canción. Intenté detener mis pasos, pero fue en vano. La danza me arrastraba cada vez más hacia la puerta. No podía apartar la vista de ella. Nunca la había visto con tanta claridad. Podía distinguir a la perfección su marco, ennegrecido por los años, que contrastaba con cada palmo resplandeciente de su superficie. Su picaporte tenía forma de serpiente y ojos de ónice. Era una puerta que me resultaba familiar. No quería verla, no quería reconocer su existencia, pero mis ojos se negaban a mirar hacia otro lado y mis piernas a obedecerme. Entonces, una corriente de aire escapó por su rendija inferior y se enroscó alrededor de mis muslos. Se trataba del aliento rancio de la Anciana. Mezclado con el olor metálico de mi propia sangre. Un olor a muerte que llevaba aferrado a mí desde hacía años, desde el Invierno del Hambre. Desde que la Anciana se llevó a Anner.

Las mandíbulas me dolían de tanto intentar contener la canción que salía de mi boca. Igual que el resto de mi cuerpo, que se sacudía y se tensaba de tanto tratar de resistirme al baile que lo llevaba de un sitio a otro. Me estaba acercando a la puerta. Estaba tan cerca de ella que los tentáculos de la oscuridad, que se colaban por las rendijas de la puerta, lamían ya mi cuerpo. Me atraían cada vez más y más. No podía rebelarme. Nadie puede rebelarse a la muerte.

Entonces, oí su voz. Un sonido que venía flotando a través de las tinieblas, que estaba hecho de tinieblas. Frases fragmentadas que se extendían en dirección a mí.

«Maresi... Hija mía. Aquí, mira mi puerta. Mi boca».

Yo seguía bailando en el umbral de la puerta conforme las palabras de la Anciana arañaban mis huesos.

«Esta es tu casa».

El terror que experimenté al escuchar aquello fue tan grande que, por fin, pude gritar por mí misma:

—¡No quiero!

Tan pronto interrumpí la canción, la música se cortó en seco. La luz de la luna se diluyó y la puerta desapareció. La realidad ante mis ojos volvió a hacerse nítida y diáfana.

—¡No quiero! —volví a exclamar una y otra vez, hasta que la Madre apareció en el laberinto y me puso las manos encima.

Después de aquello, no recuerdo nada más. Cuando desperté, vi que estaba fuera del Círculo de la Doncella Danzante. La luz de las antorchas parpadeaba a mi alrededor y la luna volvía a ser nada más que una pequeña lámpara en el cielo. El rostro preocupado de la Madre se cernía sobre el mío.

Por el rabillo del ojo podía ver, no obstante, unos velos de oscuridad que ondeaban a mi alrededor. Sobre ellos cabalgaba susurrante la muda voz de la Anciana.

No me uní al banquete posterior que se celebraba en el Patio de la Luna. Me tumbé en la cama y traté de olvidar todo lo que había visto y oído. Intenté dormir un poco. Debí de conseguirlo cerca del amanecer, pues la voz de la hermana O no me despertó hasta el mediodía siguiente.

—La Madre quiere hablar contigo. ¿Te sientes ya con fuerzas?

Acto seguido, me dio un trozo de pan y me contempló mientras me vestía. Mis movimientos eran lentos. La verdad era que no quería hablar con la Madre. No quería responder a ninguna pregunta. No quería pensar en lo que había pasado. Pero no podía decir que no a un llamamiento directo de la Madre en persona, así que seguí a la hermana O a través del patio central y subí los Escalones de la Luna. Nunca me había parecido un trayecto tan largo como aquel día. El sol brillaba en un despejado cielo primaveral. El sonido de las novicias jugando llegaba hasta mis oídos procedente del Patio del Conocimiento. A lo lejos, los cabritillos retozaban alegres en la ladera de la montaña. El olor del aliento de la Anciana aún persistía en mis fosas nasales. El murmullo de su voz seguía acechando en cada estrecha sombra que me rodeaba. Caminé lo más cerca posible de la hermana O. La Anciana no podría llevarme consigo si no me sorprendía a solas.

Aunque yo sabía que, cuando quiere algo, al final siempre lo consigue.

La Casa de la Luna es un edificio bajo y gris que hay junto al Patio de la Luna. Como todas las edificaciones de la isla, está hecha de piedra. La propia ladera de la montaña forma sus muros traseros. La superficie de su puerta, enteramente de hierro, parece haber vivido épocas mejores, pues huele a rancio y el número de abolladuras y arañazos que la recorren de un lado a otro es enorme. Desde mi llegada a la isla, solo había cruzado su umbral en una ocasión, cuando me llevaron por primera vez ante la Madre.

Se hallaba sentada detrás de un gran escritorio, esperándome. El fuerte viento procedente de lo alto de la montaña hacía que el interior de la estancia fuera más frío de lo habitual. Había dos puertas en la habitación: una que daba a la celda donde dormía la Madre y otra más sencilla y de madera con bisagras de hierro y un grueso pomo. La primera, que estaba entreabierta, daba a una pequeña y desnuda cámara en la que no parecía haber más que una cama estrecha y cómoda, un escritorio con una lamparita y una ventana no muy grande.

El rostro de la Madre era tranquilo e inexpresivo, sin embargo, me pareció apreciar en él un cierto destello de preocupación. Traté de no mirarla directamente a la cara. No quería que pudiera ver la verdad en mis ojos. La hermana O se hallaba de pie junto a mí, con la espalda bien recta y los labios apretados. Nunca la había visto tan rígida.

—Maresi, ¿qué pasó anoche? —preguntó la Madre con tono autoritario, a la espera de una respuesta por mi parte.

Yo bajé la vista hacia el suelo. No era capaz de mentirle. Lo único que podía hacer era permanecer en silencio.

—Fue la Luna, ¿verdad? —insistió la Madre de un modo un poco más suave—. Puede llegar a ser aterradora. Lo comprendo. La primera vez que me habló a mí también pasé miedo. Miedo por la responsabilidad que puso sobre mis hombros. Ella me escogió para ser su sierva. Como Madre de la Abadía, yo soy la persona que está más cerca de Havva. Pero, antes de ser elegida como tal, fui llamada por la Luna. A lo mejor tenías en la cabeza una idea muy diferente acerca de cuál sería tu destino, Maresi, pero, si has sido escogida por la Luna, no puedes negarte. Debes convertirte en mi novicia.

Yo levanté la vista. La Madre no había visto la puerta ni había oído a la Anciana. No sabía qué decir. Era un gran honor ser invitada a la Casa de la Luna. Sin embargo, había algo en todo aquello que no acababa de cuadrarme. Sí, la Luna me había mirado, pero era la Anciana la que me había hablado. ¿Acaso eran una misma cosa? Miré a la hermana O, no me atrevía a responder.

Finalmente, impulsada por la expresión inquisitiva de la Madre, me decidí a hablar:

—La Diosa... tiene tres rostros, ¿no es así? —pregunté. La Madre asintió de forma alentadora y me incitó a continuar—. ¿La Luna es uno de ellos?

La hermana O suspiró:

—A ver, Maresi. Ya te lo he explicado antes...

La Madre levantó una mano y la interrumpió:

—No, Maresi. La Luna es las tres cosas. La Luna es el rostro de la unidad de la Diosa.

—Entonces, no fue la Luna la que me llamó —respondí con firmeza—. De eso estoy segura.

No entendí bien la expresión que se dibujó en el semblante de la Madre. ¿Era decepción lo que veía en sus ojos?

—¿Estás segura?

Asentí con la cabeza.

—¿Quieres contarme lo que pasó durante la danza?

Yo negué con la cabeza. No quería hablar de ello, ni entonces ni nunca. Ni siquiera quería pensar en ello.

La Madre hizo un gesto con la mano para indicarnos que podíamos marcharnos. Ambas salimos de la Casa de la Luna. La hermana O, unos pasos por detrás de mí. Notaba su afilada mirada en mi espalda. La Madre había aceptado mi respuesta, pero yo sabía que eso no aplacaría los ánimos de la hermana O.

Nada más salir al patio central, volví mi rostro hacia el sol. El sol, garante de la vida. Deseaba que su luz y su calor acabaran con los restos de las tinieblas que aún moraban en mi interior. Además, tampoco quería mirar directamente a la cara a la hermana O. Sin embargo, ella, de pronto, se detuvo y se me quedó contemplando con los brazos cruzados. Al final, no tuve más remedio que dirigir mi atención hacia ella.

—Maresi, si me cuentas lo que ha pasado, quizá pueda ayudarte —me dijo al tiempo que extendía una mano y me acariciaba el pañuelo con torpeza—. Tú siempre has acudido a mí con tus dudas y preguntas. Si hay algo que quieras saber…

Yo volví a negar con la cabeza y apreté los labios con fuerza. Ella permaneció observándome un largo rato y suspiró.

—Muy bien. Ya sabes dónde estoy si en algún momento te apetece hablar de algo.

Conforme volvía a subir los escalones del patio del templo, me quedé mirándola. La hermana O nunca volvió a preguntarme al respecto.

Los días siguientes fueron difíciles. Me alejé de las otras chicas. No quería, o no podía, responder a sus preguntas. La mayor parte del tiempo, siempre que me era posible, lo pasaba al sol. La oscuridad me asustaba. Dondequiera que las sombras se cernieran mínimamente, allí creía sentir que la puerta se hallaba al otro lado. Al reino de la Anciana. Sus tinieblas parecían estar en todas partes. El sol daba la sensación de no brillar tanto como antes. Toda la realidad se había vuelto más umbría. En cada ráfaga de viento y en cada susurro del océano, esperaba oír de nuevo la voz de la Anciana.

Mi incertidumbre y mi debilidad parecieron, no obstante, hacer más fuerte a Jai. Se volvió más segura de sí misma, empezó a hablar con las demás novicias, no solo conmigo y con Ennike. Quizá se vio obligada a endurecerse precisamente porque yo atravesaba un momento de gran decaimiento, para poder serme de ayuda durante un tiempo. Nunca me hizo ninguna pregunta, pero siempre se hallaba a mi lado cuando la oscuridad hacía acto de presencia. A menudo, ocurría por la mañana, cuando el sol aún no había acabado de asomar por el horizonte y los objetos arrojaban sombras hondas y afiladas como un cuchillo. Cuando menos me lo esperaba, la Anciana me susurraba al oído con voz siseante hasta hacerme temblar de miedo. Siempre que eso pasaba, allí estaba Jai, hablándome en voz baja, dulce y suave, igual que había hecho yo con ella cuando llegó a la Abadía. Me llevaba de nuevo hacia la luz, ahuyentaba a la Anciana, por un rato…

No había ninguna hora del día en que me sintiera a salvo de su poder de atracción, pero por la noche era cuando peor lo pasaba. Cuando la oscuridad me oprimía el pecho y los párpados. Cuando oía el último y áspero aliento de Anner una y otra vez. Cuando sentía más cerca que nunca el reino de la muerte y el latido de mi corazón se volvía débil e irregular. ¿Cómo podría resistirme a la voluntad de la Anciana? ¿Cómo podría mantenerme alejada de su puerta?

Pero siempre que la angustia se agudizaba, una mano atravesaba la oscuridad y, sin necesidad de una sola palabra, ni siquiera de un gemido, tocaba la mía. La mano de Jai. No me agarraba, sino que dejaba que fuera yo quien me aferrase a ella si lo necesitaba. Eso es lo que hacía, cogerle de la mano con fuerza, apretar mi dedo pulgar contra su muñeca, sentir que su pulso firme y estable se acompasaba con el mío y me anclaba de nuevo al mundo de los vivos.

Con su mano en la mía, conseguía por fin dormirme.

Tras unos días de sol radiante, fue como si mis oscuros recuerdos se disiparan. Por fin era capaz de respirar de nuevo. Dejé de oír a la Anciana por todas partes. Jugaba y reía como de costumbre, asistía a las clases y a las tareas, y por las tardes iba a la Cámara del Tesoro a leer. El único lugar que me incomodaba era la puerta que llevaba a la cripta. Percibía cómo la fuerza de la Anciana emanaba de ese lugar, por eso siempre que pasaba por delante, me apresuraba a dejarla atrás lo más rápido posible. Más que nunca, me sentía feliz de tener la compañía de Jai, pues así no iba sola cuando cruzaba la Casa del Conocimiento en horas en las que no había nadie más allí.

Una mañana después de clase, cuando Ennike, Jai y yo estábamos sentadas junto al pozo del patio, pasó la Sierva de la Rosa, se detuvo y nos sonrió. Me sentí avergonzada, como siempre en su presencia. Es la única de las hermanas que no lleva pañuelo y su espeso cabello castaño cobrizo brillaba en largos bucles que le caían por la espalda. Su piel clara estaba salpicada de pecas causadas por el fuerte sol primaveral, y sus grandes ojos eran oscuros y llenos de calidez. En la vida he visto a nadie tan hermoso como ella.

Quien se convierte en Sierva de la Rosa renuncia a su propio nombre, de modo que no sé cómo se llamaba antes de convertirse en la Rosa. Es otro de los nombres de la Doncella, ese rostro de la Primera Madre cuyos conocimientos versan acerca del comienzo de la vida y el poder sagrado del cuerpo femenino. Muchas sociedades ven a la Doncella simplemente como a una virgen, pero aquí en la Abadía sabemos que es mucho más que eso. Los misterios más secretos de la feminidad pertenecen a la Doncella. Ella es semilla y planta. La Madre, Havva, es vida y fruto, mientras que la Anciana es muerte y destrucción. La Rosa se acercó a nosotras:

—¿Podríais ayudarme un momento? Como sabéis, no tengo novicia que me asista. Debería limpiar los objetos sagrados del templo en vistas a los ritos estivales y me vendría muy bien que me echarais una mano.

—Por supuesto —repuso Ennike levantándose de inmediato.

Está claro que a ella no la intimidaba la presencia de la Rosa como a mí. Jai y yo también nos levantamos y las seguimos a ambas por los Escalones del Ocaso hasta el Templo de la Rosa, que tiene la puerta más hermosa de toda la isla. Es una puerta doble, alta como tres mujeres y hecha de un mármol blanco como la nieve. Su blancura solo está rota por una moldura de mármol rojo en forma de rosa. Cuando nos detuvimos ante ella, pasé los dedos por su lisa superficie. No se palpaba ni una sola juntura.

—Ya nadie puede hacer este tipo de trabajo —comentó la Rosa.

—Ojalá hubiera una hermana que conociera este arte y me lo enseñara a mí y solo a mí —dije acariciando de nuevo el suave mármol.

La Rosa sonrió:

—La hermana O me ha hablado de ti, Maresi. Tiene toda la razón.

Sentí que me ponía roja como la grana y me apresuré a apartar la mano. No estaba muy segura de lo que la Rosa quería decir con eso, pero no parecía tener un tono hostil.

Ella abrió las puertas con una llave y nos adentramos en la oscuridad del templo.

Que yo recordara, solo había estado allí para los rituales de agradecimiento y los cánticos. En el vacío recinto reinaba ahora el silencio. Los dos grandes rosetones que se abrían en las paredes laterales, orientados respectivamente al oriente y al poniente, proyectaban su luz de color rojo sangre a través de las vidrieras, formando bellos dibujos sobre el suelo. Las filas dobles de esbeltas columnas se alzaban desde el centro de la sala hacia las sombras del techo. El templo está desprovisto de objetos, no hay bancos ni sillas ni mesas ni ornamentos. La única decoración, aparte de los rosetones, se encuentra en el suelo de mármol, que luce como una alfombra tejida de hilos blancos y rojos, llena de misteriosas enredaderas, flores, hojas y arabescos. El dibujo que forman casi parece un texto escrito en jeroglíficos. Si me quedo mirándolos fijamente un largo rato, me da la sensación de que en cualquier momento voy a ser capaz de descifrarlos y entender lo que dicen. Pero hasta ahora no lo he conseguido.

La Rosa giró a la izquierda y se dirigió al estrado del fondo de la sala, desde donde presidía las ceremonias. Subió los anchos escalones de mármol y nos hizo señas para que la siguiéramos. Nuestros pasos resonaban en la estancia vacía y casi parecía que estuviéramos invadiendo un lugar prohibido. Cuando subí el primer peldaño, una mano invisible me detuvo. Me paré en seco. A mi lado, Jai hizo lo mismo. Solo Ennike siguió subiendo como si tal cosa. La Rosa se dio la vuelta y nos miró. Sus ojos se posaron en Ennike unos instantes y, a continuación, levantó la mano.

—Invito a estas hijas de la Primera Madre a entrar en la tierra sagrada de la Rosa —declaró con el mismo tono solemne que utiliza durante las grandes ceremonias, como el Rito de la Sangre y la

Apertura de la Rosa. La mano invisible nos soltó y Jai y yo pudimos continuar subiendo la escalera.

La Rosa abrió las puertas dobles de palisandro tallado que se hallaban detrás del estrado. Entramos en una habitación abarrotada de enseres.

Una única y estrecha ventana orientada al norte iluminaba la estancia, pero la luz se reflejaba en cientos de objetos brillantes, de modo que al principio casi me cegó. Había candelabros de latón y plata tan altos como yo. Había mesas atestadas de platos, cuencos y joyeros de todos los diseños imaginables, y todos eran de oro o plata. Casi todos llevaban también una rosa de cinco pétalos como emblema. Había grandes cofres antiguos cuya madera oscurecida y sus deslustrados herrajes y cerraduras daban a entender que no habían sido tocados en décadas. A lo largo de las paredes se alzaban diversos armarios, algunos sencillos y otros lujosamente decorados con relieves e incrustaciones. Las puertas de algunos armarios estaban entreabiertas y dejaban ver estanterías repletas de más objetos: joyas, estuches, tazas, cuencos y montones de cosas que no podía distinguir.

La Rosa se movía libremente entre todos los muebles y cosas sin tropezar ni chocar con nada. Jai y yo nos detuvimos apenas cruzar el umbral, pero Ennike entró con curiosidad mientras la Rosa sacaba trapos y frascos de un pequeño arcón en el rincón más alejado.

—No vamos a limpiarlo todo, no os preocupéis —rio suavemente—. Solo los objetos necesarios para los ritos estivales, como el Rito de la Sangre. Necesitamos el incensario, los peines, los tres cuencos de la Rosa, los tres candelabros de plata…

Mientras hablaba, las sombras de la habitación se contrajeron y se arremolinaron a mi alrededor. La oscuridad se espesó, palpitaba con fuerza. Petrificada, levanté las manos como para espantar a la Anciana, a la muerte. ¡No estaba preparada! Habría querido gritar, pero no fui capaz de emitir ni un solo sonido.

La Rosa enderezó la espalda y se dio la vuelta. Al ver a Ennike, se le cayó un frasco de abrillantador al suelo. El traqueteo del metal contra el mármol dispersó a las sombras. La Anciana desapareció. Las piernas me flaquearon hasta tal punto que me desplomé sobre el baúl más cercano. La única que pareció darse cuenta de que algo había pasado fue Jai, que se acercó y se puso a mi lado, sin tocarme. Su presencia me infundió calma.

Junto a una de las mesas estaba Ennike, con cara de culpabilidad. En las manos llevaba dos grandes peines de cobre verduzco, y frente a ella, sobre la mesa, se amontonaban todos los demás objetos que la Rosa había mencionado: incensarios, cuencos y candelabros.

—Solo quería ayudar —se disculpó—. Lo siento, hermana, no sabía que hiciera mal.

—¿Cómo sabías dónde estaba todo?

La Rosa dio un paso adelante y se quedó mirando los objetos reunidos sobre la mesa. Levantó uno de los cuencos y lo tocó con los dedos, como para asegurarse de que era real.

Ennike miró a su alrededor, confundida.

—Lo... lo sabía sin más. Según has mencionado cada uno de estos objetos, ha sido como si viera dónde estaba. Las manos se me han ido solas...

La Rosa esbozó una sonrisa radiante. Vi que a sus ojos se asomaban las lágrimas.

—¡Por fin! Sabía que la Doncella me lo mostraría, pero no sabía cómo iba a hacerlo. —Sacudió la cabeza de modo que sus rizos resplandecieron a la luz del sol—. La Primera Madre tiene sentido del humor.

Todas la miramos desconcertadas y ella se rio ante nuestra confusión.

—La Doncella es la Rosa, mi señora. El primer rostro de la Primera Madre. Pero elige mostrarme quién va a ser su novicia a través de una tarea que en todos los sentidos pertenece al segundo rostro, la Madre Havva. Aun así, pensaba que el tercer rostro también debía estar presente en una elección como esta.

—¡Novicia! —exclamó Ennike consternada—. ¿Yo?

—Tú. —La Rosa sonrió con calidez mientras se acercaba a ella. Le quitó los peines con delicadeza y la cogió de las manos—. Vas a ser la novicia de la Rosa. ¿No lo sientes tú misma, dentro de ti?

La Rosa soltó las manos de Ennike y se puso seria de repente.

—¿Dónde está la campana que tocamos durante el Rito de la Sangre?

Sin dudarlo, Ennike señaló una cajita que reposaba encima de uno de los armarios más bajos.

—¿Cuándo es más fuerte la Doncella?

—En el primer equinoccio del año, justo cuando despierta el Lucero de Primavera.

Yo también podría haber dado esa respuesta, la hermana O nos había enseñado eso. Pero lo que Ennike añadió a continuación me dejó perpleja:

—También es más fuerte durante el solsticio de invierno, cuando la Madre duerme. Es más fuerte cuando se concibe un niño, cuando se ara la tierra y cuando una muchacha tiene su primera menstruación.

La Rosa asintió.

—¿Cuántos son los secretos de la Doncella?

—Nueve.

—Susúrrame su nombre secreto.

Con expresión de extrañeza, Ennike se inclinó y susurró algo al oído de la Rosa. Ella sonrió y volvió a coger las manos de Ennike.

—¿Aún dudas?

Ennike negó con la cabeza y tragó saliva.

—Pero la Sierva de la Rosa ha de ser bella —dijo con un débil hilo de voz—. Siempre ha sido así. Y yo… estoy llena de cicatrices.

—La Doncella también ha experimentado el dolor y el miedo, Ennike, hija mía —repuso la Rosa con suavidad—. Eso no te hace menos hermosa.

Cuando la luz de la ventana del norte iluminó sus semblantes, tan cerca el uno del otro, reparé en lo semejantes que eran, la mujer y la niña. El mismo pelo rizado y espeso, los mismos ojos cálidos. Pero más allá de eso, la expresión de sus rostros era la misma.

—Tú eres preciosa, Ennike —salté—. Y aún lo serás más antes de que llegue la escarcha.

No sé por qué dije esto último. La Rosa me lanzó una mirada penetrante. Luego sonrió con dulzura, aunque en sus ojos se vislumbraba la tristeza.

—Y a pesar de todo aquí sigues, Anciana.

Al día siguiente de que la Rosa eligiera a Ennike como novicia, al despuntar del alba, cuando la luz aún era tenue y las montañas y las casas seguían sumidas en sombras, nos despertó la Campana de Sangre. Aturdidas, nos incorporamos en nuestras respectivas camas. Hice salir a todas las pequeñas novicias en camisón y con el pelo al descubierto. En el patio salieron a nuestro encuentro otras hermanas, también en camisón que, con gesto resuelto, se apresuraban a cruzar el patio desde los Escalones del Ocaso en dirección a los de la Aurora. Nos agarraron a las novicias de las manos, de los brazos y de los hombros y se pusieron a tirar de nosotras, a empujarnos y a azuzarnos. Corrimos descalzas sobre los fríos adoquines hasta las escaleras. La Campana de Sangre sonaba sin cesar entre las casas y yo me preguntaba quién la estaría tocando.

Al subir las escaleras, un fresco viento matutino procedente del mar nos arrolló, nos levantó los camisones y nos alborotó los cabellos. El cielo lucía un azul pálido sin nubes. Oí que alguien gritaba, vi un brazo levantado, un dedo que señalaba. Me volví hacia el mar.

Un barco se acercaba desde Los Dientes. Las blancas velas estaban henchidas por el viento, la afilada proa surcaba el agua levantando espuma alrededor de los costados del barco.

La Campana de Sangre quedó en silencio.

Entonces lo supe. Supe quién venía en aquel barco. Me volví para buscar a Jai entre la multitud de figuras vestidas de blanco que subían por las escaleras. Tenía que encontrarla antes de que ella lo viera. Divisé su pelo rubio cuando se acercó corriendo entre Joem y Dorje.

—¡Jai! —grité—. ¡Jai!

No sé si me oyó, ya que en ese momento Joem reparó en el barco y lo señaló. Vi a Jai seguir su mano con la mirada y detenerse.

—Estamos perdidas. —Aunque la voz era débil, alcancé a oír sus palabras—. ¡Estamos todas perdidas!

Se tambaleó y perdió el equilibrio.

—¡Va a desmayarse! ¡Cogedla!

La hermana O acudió a agarrar a Jai con sus brazos nervudos justo en el momento en que estaba a punto de desplomarse. Sin detenerse, levantó a la muchacha en brazos y continuó subiendo las escaleras con largas zancadas de ciervo. Por un momento, reinó el caos. Nadie sabía qué hacer, todas miraban al mar entre murmullos asustados.

—¡Deprisa! —exclamó la Madre.

Miramos hacia arriba: allí estaba ella, en el último escalón, con la cabeza descubierta igual que todas las demás. El largo pelo gris le caía como una cascada de plata por los hombros.

—No tenemos mucho tiempo —añadió.

Todas nos pusimos de inmediato en movimiento, subimos las escaleras a toda velocidad e irrumpimos en la Casa del Fuego Sagrado, donde la hermana Ers nos esperaba con las puertas abiertas. Yo entré al mismo tiempo que la Madre.

—Creo que lo tengo todo —oí a la hermana Ers decirle en voz baja a la Madre, justo cuando pasábamos—. Algunas cosas están viejas, nunca me habría imaginado…

La Madre le dio una rápida palmada en el hombro y continuó hacia el salón.

Vi que Joem entraba a toda prisa, pasando por delante de todas las demás, para acto seguido caer de rodillas junto al hogar, donde se apresuró a avivar la lumbre. Nos reunimos alrededor de las mesas, hermanas y novicias, juntas y revueltas, y alguien abrió todas las ventanas de par en par. Yo me quedé en pie para poder ver Los Dientes; enseguida avisté la embarcación que rodeaba la roca más lejana. No podía apartar los ojos de la espuma blanca. El sol empezaba a asomar por las montañas. Los primeros rayos daban tanta luz al mundo que me permitieron divisar algo que brillaba sobre la nave. No alcancé a ver quién estaba a bordo, pero comprendí lo que significaba aquel destello.

Armas blancas.

Nunca había estado en la Casa del Fuego Sagrado con las hermanas. A mi lado se hallaba la hermana Mareane, que de pronto se retiró para dejar paso a otra persona. La hermana O colocó a Jai junto a mí y luego siguió su camino. Jai había recobrado el conocimiento, pero estaba tan pálida que me daba miedo que volviera a desmayarse en cualquier momento. No temblaba, permanecía inmóvil, como un ratón frente a un gato grande y hambriento. Un ratón que alberga la esperanza de que el gato pierda interés si él no se mueve en absoluto, aun sabiendo que eso no sirve para nada.

Las hermana Ers, Joem y Cissil entraron a toda prisa trayendo platos de latón en los que reposaban hojas verde oscuro, almendras y pétalos de rosa confitados.

—Tomad y comed —murmuraron mientras se abrían paso entre las mesas—. Uno de cada. Vamos. Daos prisa.

Alargué la mano para coger mi ración. Jai no hizo ningún esfuerzo por servirse, así que cogí también para ella. La ayudé a llevarse una almendra a la boca y me comí otra yo. Tenía un sabor terroso y salado. El pétalo de rosa era ácido y dulce a la vez.

La Madre se acercó, tranquila y digna, con el cabello revoloteando en la brisa que entraba por las ventanas abiertas. En las manos sostenía un cáliz dorado:

—Comed, hijas mías. Y, cuando hayáis comido, bebed. Y, cuando hayáis bebido, domad vuestros cabellos. Habéis de trenzarlos y retorcerlos, enroscarlos y atarlos. No dejéis que se os escape ni un mechón.

Metí una de las extrañas hojas entre los pasivos labios de Jai, yo tomé otra. Al masticarla, me invadió un sabor amargo, de la boca al corazón, del vientre a los pies. Un sabor a tristeza y luz de luna.

Una corriente de aire recorrió el suelo y me heló los tobillos. Dejé de masticar. El aliento de la Anciana. Su reino volvía a estar cerca. A mi alrededor imperaba el silencio, solo se oía el viento y el ruido de las bocas femeninas. ¿No era la voz de la Anciana lo que murmuraba en las velas del extraño barco? ¿Estaba susurrando mi nombre? No podía tragar la hoja que tenía en la boca. No podía moverme. Si lo hacía, ella me encontraría.

La Madre había venido a nuestra mesa y me acercó ahora el cáliz a la boca. Bebí y el rojo vino borró las hojas y el miedo. Era un vino espeso y dulce como la miel. Y a la vez salado como la sangre.

A mi alrededor, las manos de las muchachas ya trabajaban sus cabellos. Los trenzaban, los enroscaban y los ataban con dedos ágiles. La hermana Loeni y la hermana Nummel pasaban a toda velocidad entre bancos y mesas repartiendo cintas para atar. Yo no quería quedarme allí trenzándome el pelo. Ahora que el vino había ahuyentado mi parálisis, quería escapar. Escapar del barco, escapar de la Anciana, huir a las montañas y esconderme. Me temblaban las manos cuando empecé a hacerme las trenzas.

El movimiento de los dedos por el pelo me calmó. No me había trenzado el pelo yo sola desde la época en que vivía en casa, pero mis manos recordaban cómo se hacía, retorcían los mechones, los levantaban, los agarraban y los volvían a retorcer. Una oleada de calma me invadió, me sentí tranquila y fuerte.

El viento que entraba por las ventanas empezó a amainar. La hermana Mareane y yo ayudamos a Jai a arreglarse el pelo. A medida que formábamos las trenzas, aprecié que ella también se relajaba, aunque solo fuera un poco. Era una calma imposible de resistir.

Jai fue la última en tener el pelo trenzado. Cuando terminamos con ella, el viento se había extinguido por completo. Todas nos quedamos mirando hacia las ventanas; yo estiré el cuello para ver mejor.

El mar estaba quieto y brillante como un espejo. La calma era total, ni la más mínima ondulación encrespaba la superficie. El sol había salido por el horizonte, aunque aún no era visible más allá de las montañas. Las sombras que proyectaban los edificios de la Abadía eran largas y nítidas. El barco, con las velas flojas, se hallaba entre Los Dientes y nuestro puerto. Había desaparecido la espuma que antes se arremolinaba en torno a la proa. El corazón me dio un pequeño vuelco de alegría. Todas las hermanas y novicias contuvimos la respiración.

Percibimos entonces que algo se movía a bordo del barco. Distinguí unas cabezas masculinas de pelo rubio y unos ropajes negros. Las relucientes armas desaparecieron. Unos objetos alargados salieron de unos agujeros que había a lo largo del casco.

Remos.

—¡Al Templo de la Rosa! —exclamó la Madre con voz estridente—. ¡Rápido!

Sin decir palabra, salimos corriendo de la Casa del Fuego Sagrado. Las trenzas iban azotándonos las suaves mejillas, nuestros pies descalzos tamborileaban contra la piedra lisa. Corrimos. Agarré con fuerza la mano de Jai. Bajamos por los Escalones del Alba, cruzamos el patio y subimos por los Escalones del Ocaso. El barco no desaparecía de nuestra vista. Se acercaba de nuevo. A un ritmo más lento, pero se acercaba.

La Rosa abrió de par en par las puertas del templo e irrumpimos en él. El interior se hallaba casi completamente a oscuras, las vidrieras de colores apenas dejaban pasar la escasa luz matinal. Vi a dos figuras vestidas de blanco subir los escalones del estrado y desaparecer tras las puertas dobles de palisandro. Eran la Rosa y Ennike. Nos quedamos en el pórtico, esperando. Desde allí dentro no podíamos ver el mar, no podíamos ver dónde se encontraba el barco en esos momentos. Jai seguía agarrándome la mano con fuerza. El miedo se apoderó de mí. Pensé en lo que los hombres le harían a Jai. En lo que nos harían a nosotras. Pensé en nuestras murallas: ¿Serían lo bastante altas? ¿Cuánto tiempo mantendrían a los hombres fuera? Todavía tenía la boca llena del amargo sabor de la hoja, la dulzura del pétalo de rosa y la terrosidad de la almendra.

La Rosa y Ennike aparecieron en el estrado. No era habitual verlas sin el pelo suelto sobre los hombros. Sacaron dos altos candelabros de plata y encendieron dos gruesas velas de color rojo sangre. Las llamas apenas iluminaron el templo pero hicieron bailar las sombras a la pálida luz del amanecer. La Rosa y Ennike desaparecieron de nuevo a través de las puertas y luego volvieron a salir. Sostenían algo brillante en las manos que acto seguido tendieron hacia nosotras.

—¡Soltaos el pelo! —gritó la Rosa con una voz que nunca le había oído, una voz que cortó el silencio como un cuchillo. Ennike repitió su grito.

—¡Soltaos el pelo!

La voz de Ennike, también distinta a la suya de siempre, se clavó en mí como una espada.

Aprecié entonces qué era lo que llevaban en las manos: los peines de cobre que habíamos visto el día anterior.

Empezamos a desatar las cintas que nos sujetaban todas aquellas trenzas, claras y oscuras, rojas y plateadas.

Una bocanada de viento penetró por las puertas abiertas.

En el estrado, la Rosa y su novicia se soltaron el pelo con movimientos hábiles y rápidos. Un viento feroz se abalanzó sobre el templo haciendo temblar las vidrieras. La Rosa lanzó un grito triunfal y deslizó el peine a lo largo de sus cabellos.

—¡Despierta, viento! —exclamó—. ¡Ven, tormenta!

Entonces arrojó el peine hacia la sala. Vi que la hermana O lo recogía y se lo pasaba por el pelo.

Otra ráfaga de viento furioso sacudió el techo del templo.

Me solté la última trenza. Pequeñas chispas volaron de mi cabello al verse libre por fin. A toda prisa, desaté las trenzas de Jai. Su pelo crepitó y chisporroteó. Los peines circulaban por la sala, rastrillaban el pelo de todas nosotras, lo hacían centellear y ondear. La Rosa y Ennike se pasaron los dedos por los rizos, sacudieron la cabeza y soltaron unas grandes y estridentes carcajadas. Un peine llegó a mi mano, lo pasé primero por el pelo de Jai y luego por el mío.

El viento se lanzaba con un furibundo aullido contra muros, techos y ventanas, hasta que las grandes puertas de mármol se abrieron de golpe y se estamparon contra las paredes. Los blancos cuerpos femeninos pataleaban contra el suelo, daban vueltas y se retorcían. Cuanto más rápido sacudían el cabello, más aullaba el viento. Solté a Jai y me abrí paso a empellones hacia la puerta. Tenía que saber qué ocurría fuera, tenía que verlo.

Apenas reconocí el mundo exterior. Nubes de tormenta ennegrecían el cielo. El aire estaba lleno de hojas, ramas y desperdicios azotados por un viento iracundo. No podía ver la cala desde la puerta, la Casa de las Hermanas estaba en medio, así que crucé el patio del templo a duras penas, con el viento en contra. La tormenta me arrancaba los cabellos y parecía ganar aún más fuerza con ello. El pelo me azotaba la cara y los ojos, con unos latigazos que me cegaban y lastimaban como si alguien me estuviera flagelando con una fina correa de cuero.

Tardé un buen rato en llegar a los Escalones del Ocaso, desde donde se abría una vista despejada al mar. Un mar que, cuando por fin pude verlo, se me antojó totalmente irreconocible.

Unas olas mucho más grandes que el propio Templo de la Rosa rompían contra la orilla. El aire regurgitaba agua y espuma. Si la Abadía hubiera estado más cerca de la costa, el desastre habría acaecido hacía tiempo. Nuestro embarcadero y el pequeño almacén que había al lado habían sido arrasados por las aguas. El mar lo destrozaba todo a su paso.

No había ni rastro de la embarcación.

La tormenta tardó todo el día en amainar. Esperamos dentro del templo a que pasara lo peor. Luego nos refugiamos en la Casa de las Hermanas, donde estas metieron a las novicias más pequeñas en sus camas y todas las demás nos sentamos junto a las ventanas a contemplar cómo el mar remodelaba toda la costa.

Al atardecer, por fin reinaba la calma suficiente como para aventurarnos a salir y bajar los Escalones del Ocaso. La hermana Ers y su novicia se marcharon a preparar la cena mientras la hermana Kotke nos conducía al resto de las novicias al Manantial del Cuerpo. El agua caliente de la piscina nos llenaba de paz y sosiego; se nos permitió quedarnos todo el tiempo que quisiéramos. Esa vez nos libramos del posterior remojón en la pileta fría y nos vestimos con la ropa que la hermana Nummel nos trajo de la Casa de las Novicias. Todas las demás hermanas habían ido a ver qué daños había causado la tormenta; quizá también a ejecutar ritos y ceremonias para mí desconocidos. Ennike no estaba con nosotras, se había quedado en el templo con la Rosa.

Jai parecía una muerta en vida. No hablaba, solo se movía si yo le daba un empujoncito o tiraba de ella hacia mí. Tuve que secarle el pelo y ayudarla a vestirse. Cuando la llevé conmigo de camino a los Escalones del Alba para comer en la Casa del Fuego Sagrado, se detuvo en medio del patio y miró hacia el mar. La muralla no nos permitía verlo desde donde estábamos, pero oíamos el rugido del oleaje al romper contra las rocas de la orilla. El viento seguía fresco y frío.

—No se han ido —susurró.

Tuve que inclinarme hacia delante para oír sus palabras antes de que el viento se las llevara.

—Tengo un presentimiento. Están ahí fuera, en alguna parte. Él nunca se rendirá, Maresi. Su honor y su orgullo son lo único que tiene. Sin ellos, no es nada. Hará lo que sea para llevarme de vuelta. Para castigarme.

No lloraba ni alzaba la voz. Esa resignación me sacudió aún más que su angustia.

—Pero la Abadía te protege, ya lo has visto —le dije en voz baja—. No te han podido hacer daño ahora y no podrán hacértelo más adelante.

Se volvió y me miró a los ojos por primera vez desde la aparición del barco.

—Él nunca se rinde. Volverá.

Dedicamos todo el día siguiente a limpiar y a arreglar el desaguisado producido por la tormenta. De los tejados se habían desprendido ladrillos que había que reemplazar, los patios estaban llenos de broza y desperdicios y un árbol se había desplomado sobre la escalera que subía a las montañas, de modo que había que serrarlo y retirarlo. Grandes rocas se habían precipitado ladera abajo, llevándose por delante parte de la muralla justo en la zona más escarpada de los acantilados que bajaban hacia el mar. La hermana Nar rezongaba acerca de la destrucción del Jardín del Conocimiento y la hermana Mareane fruncía el ceño en un gesto de honda preocupación. Incluso nuestros huertos habían sido dañados por la tormenta. A Jai, Ennike y a mí nos fue asignada la tarea de ayudar a la hermana Veerk, y a

Luan, la de limpiar la playa. Solo pudimos encontrar trozos del embarcadero y del almacén, el resto había sido arrastrado por el mar. La hermana Veerk tomaba notas diligentemente de todo lo que había que adquirir de nuevo. Nos pusimos a arrastrar pesados troncos y tablones mojados tierra adentro, a salvo de las hambrientas olas del mar. Pronto nos empezaron a doler los brazos y la espalda por el esfuerzo. Todavía soplaba un fuerte viento que hacía que nuestro pelo bailara ante nuestros ojos y que se nos pegara a las comisuras de los labios mientras hablábamos. Me quedé mirando los cabellos de mis compañeras, que ondeaban libremente bajo los pañuelos: la melena clara de Jai, los rizos castaños de Ennike y Luan, y los negros de la hermana Veerk. Cuánto poder ocultaban.

Ennike y yo estábamos en el agua levantando un leño oscuro y agrietado por el tiempo cuando mis ojos se posaron en Jai. Estaba metida hasta la cintura en el frío mar junto a Luan y la hermana Veerk, retirando las rocas que bloqueaban ahora el puerto, después de haber rodado hasta allí. Gemía por el esfuerzo y tenía la frente arrugada. En un momento en que le fue particularmente difícil mover una piedra enorme, emitió un estruendoso bramido. Luego se quedó quieta un momento con las manos apoyadas en la piedra, la cabeza inclinada y jadeando, antes de apartar a Luan y pasar a la siguiente. La hermana Veerk le dijo algo que no alcancé a oír. Ella le respondió con un bufido.

Esta vez Jai no se había retraído como una almeja en su concha. Se había encolerizado.

Subimos juntas la estrecha escalera que conducía a la Abadía. Le enseñé unos trozos de madera flotante gris y lisa que había recogido en la playa. Ella me lanzó una mirada furiosa y me dio la espalda:

—Nadie me escucha.

Comenzó entonces a subir los escalones a grandes y rabiosas zancadas.

—Aquí estáis preocupándoos por el puerto y los árboles frutales —continuó escupiendo estas últimas palabras—. ¡Y anda que tú!

Giró tan inopinadamente que choqué con ella. El viento le azotaba el pelo y sus ojos negros echaban chispas. Retrocedí un peldaño.

—Tú lo sabes. Nadie más lo sabe, aparte de ti, la Madre y probablemente algunas de las hermanas. Sabes lo que le pasó a Unai. Sabes lo que quiere mi padre. ¿Crees que os iréis de rositas cuando venga? ¿Crees que se conformará con llevarme consigo? Se vengará de quienquiera que me haya dado cobijo. Y tú, mientras tanto, recogiendo madera flotante.

Dio media vuelta y subió la escalera con paso marcial, sin mirar a su alrededor. Yo me quedé parada, tragando saliva. ¿Qué quería que hiciera? Habría hecho sin dudar cualquier cosa que me pidiese. Pero ¿qué se puede hacer por alguien que se limita a lanzar acusaciones?

Todo ese día y el siguiente, seguimos con las labores de limpieza. Se suspendieron las clases y comíamos en la Casa del Fuego Sagrado cuando teníamos un hueco entre tarea y tarea. Jai no me dirigía la palabra. Me evitaba. Era una nueva Jai, espinosa y punzante como un cardo, y yo no sabía cómo responder a sus resoplidos ni a su ceño fruncido y severo. Se aseguró de que no coincidiéramos en ninguna tarea, de modo que el segundo día apenas la vi. El corazón se me compungió al principio. Ella tenía miedo, lo comprendía. Pero ¿por qué descargaba su rabia conmigo? ¡No había razón para que me castigase!

Por la tarde, me dediqué a llevar leña recién cortada por los senderos de la montaña hasta el cobertizo situado junto a la Casa del Fuego Sagrado. Cuando llegó la noche, me temblaban las piernas y me dolían los brazos de haber estado trabajando tan duro, hasta el punto de que me costó mucho llegar a la Casa del Fuego Sagrado para comer algo.

En una de las mesas alargadas se hallaba sentada Jai, junto a Cissil y Joem. Sé que me vio, aunque rehuyó mi mirada. Las tres tenían las cabezas juntas mientras hablaban, en voz baja pero con vehemencia.

Cogí un vaso de agua y me llené un plato con pan, queso y cebollas en vinagre de la mesa donde estaba la comida. Miré a Jai, no sabía dónde sentarme. Ella seguía ignorando mi presencia. Pasé despacio junto a ella y me acomodé en la misma mesa, si bien un poco más lejos. Ninguna de las tres se volvió hacia mí ni hizo por incluirme en la conversación. Miré por la ventana orientada a poniente, intentando hacer como que era mi deseo estar sola mientras masticaba el pan lo más rápido que podía. No quería que Jai ni Joem notasen que me afectaba su actitud hacia mí.

Cuando terminé de comer y me levanté, intenté captar de nuevo la mirada de Jai. Ella se volvió hacia Joem y le dijo algo que hizo que esta asintiera con energía. Salí de la Casa del Fuego Sagrado con la mirada fija en el infinito y los labios apretados. Me las había arreglado perfectamente sin Jai antes de su llegada a la Abadía, ¿por qué no iba a hacerlo de ahora en adelante?

Esa noche me tocó ir sola a la Casa del Tesoro y fue entonces cuando deseé más que nunca tener compañía. La hermana O no estaba en sus aposentos cuando llamé a la puerta, pero me permite coger la llave en su ausencia, de manera que eso hice. Crucé el patio del templo en dirección a la Casa del Conocimiento bajo la luz mortecina del atardecer. El miedo me sobrecogió desde el preciso instante en que abrí la puerta. En ese momento, sí que deseaba tener a Jai a mi lado. Caminé con paso rígido por el pasillo. La puerta de la cripta se acercaba cada vez más. Era la primera vez que iba a pasar sola por delante suyo desde que la Anciana me había hablado. Sujeté la llave con fuerza, como si fuera un amuleto, como si fuera una daga. Cuando llegué a la puerta, apreté el paso. Pasé ante ella rápido y sin hacer ruido y, aunque no oí a la Anciana, supe que estaba allí. Acechando detrás de la puerta. Esperando su momento.

Cuando las puertas de la Cámara del Tesoro se cerraron a mis espaldas, por fin me sentí a salvo. Aspiré el familiar aroma a polvo y a pergamino. Me quedé un rato inspirando y espirando, sin más. Qué raro me resultaba estar allí sin Jai. Era como antes de que ella llegara, pero a la vez muy diferente, pues me había acostumbrado a su compañía. Me había acostumbrado a comentar con ella qué libros íbamos a elegir, a oírla pasar las páginas y a hablar de lo que habíamos leído cuando más tarde cerrábamos la puerta de la cámara, salíamos y cruzábamos el edificio, sumido en la oscuridad vespertina.

Aquella noche elegí los antiguos relatos de las Primeras Hermanas. Siempre me ha fascinado leer acerca de cómo llegaron a la isla, cómo bregaron contra viento y marea para construir la Casa del Conocimiento, cómo al principio se alimentaban a base de lo que pescaban y de las frutas y bayas silvestres que recogían. Los primeros años en Menos fueron duros. Solo unas décadas más tarde, cuando se descubrió la colonia de caracoles de sangre y la plata empezó a fluir hacia el monasterio, la vida se hizo un poco más fácil.

Me gusta leer sobre la primera novicia que llegó a la isla y sobre cómo, al correrse la voz sobre la Abadía, esta se convirtió en un refugio para las mujeres vulnerables y perseguidas. Estas eran las historias que ahora yo devoraba para evocar la sensación de seguridad que siempre me habían proporcionado.

Ya era tarde y por la ventana solo entraba una luz escasa y gris. En su recia y silenciosa majestuosidad, las librerías que cubrían las paredes albergaban innumerables tesoros. Esto era algo en lo que las Primeras Hermanas habían puesto todos sus desvelos ya desde el momento de su llegada, en preservar el conocimiento para las generaciones de mujeres que vinieran tras ellas. ¿Qué habrían sentido al refugiarse en la isla? ¿Cuáles habrían sido sus pensamientos?

En medio del silencio reinante, oí abrirse y cerrarse de golpe la puerta de la Casa del Conocimiento. Unos pasos se acercaron a toda prisa por el largo pasillo y, momentos después, se abrió la puerta de la biblioteca.

—¡Te pillé! Ya me había dicho la hermana O que aquí te encontraría seguro.

La hermana Loeni se detuvo tras cruzar el umbral, retorciéndose las manos.

—Mira, sé que es tarde y que has trabajado como una mula, pero ocurre que la hermana Ers acaba de descubrir que un árbol ha hecho varios agujeros en el tejado del almacén. Tenemos que repararlo de inmediato, o por lo menos hacerle un apaño temporal, para que los víveres no se echen a perder si llueve.

—Estoy muy cansada —murmuré.

Era verdad. Mientras devolvía los libros a su sitio, bajo la atenta mirada de la hermana Loeni, me temblaban los brazos de tal manera que me costaba manejar los volúmenes más pesados. Ella emitió un chasquido de desaprobación mientras meneaba la cabeza.

—Si yo estuviera a cargo de la biblioteca, no te dejaría merodear por aquí así como así. La hermana O te otorga demasiada libertad. No debería darte ese trato de favor.

«No me da ningún trato de favor», pensé, si bien en voz alta dije:

—¿No hay nadie más disponible?

De mala gana, cerré la puerta tras de mí y le di la llave a la hermana, que levantó la mano en gesto conminatorio.

—Ya somos varias las que estamos colaborando en ello, Maresi. Las demás están ocupadas con otras cosas. Vamos, date prisa. No tardaremos mucho y enseguida podrás irte a la cama. Pero basta de lectura por hoy.

Contra el pronóstico de la hermana, sí que nos llevó mucho tiempo retirar el árbol y remendar el tejado. Cuando terminamos, era ya noche cerrada. Yo estaba tan agotada que me dolía la cabeza; sin embargo, la inquietud me corroía. Algo me impedía ir a la Casa de las Novicias a acostarme. Necesitaba ver el horizonte, necesitaba respirar soledad. Me escabullí entre las sombras sin que me viera ninguna hermana, abrí el Portón de las Cabras y subí por la ladera.

Conozco la montaña que se alza sobre la Abadía tan bien como la Casa del Conocimiento. Entonces, sin embargo, el paisaje estaba irreconocible. Las piedras habían rodado ladera abajo y por todas partes yacían árboles y ramas caídos. Era difícil divisar el sendero en el débil crepúsculo, de modo que no tardé en extraviarme. De repente, me encontré demasiado al norte, en un punto que miraba al Templo de la Rosa. Me senté en una roca y me arrebujé en el sayo. En poniente brillaban las primeras estrellas de la noche. El mar yacía plateado bajo la luna creciente, acariciado por un fresco viento nocturno. A mis pies, la Abadía descansaba en la oscuridad. Todas dormían; solo en la Casa de la Luna y en la ventana de la hermana O permanecían aún encendidas las luces. La isla de Menos murmuraba y suspiraba, preparándose para sumirse en un profundo sueño. Incluso las aves nocturnas se habían posado a descansar. La paz que allí se respiraba, la belleza y el brillo de la luna calmaron mi mente. Aun así, la inquietud se resistía a irse del todo. Pensé en Jai, en cómo nos habíamos hecho amigas desde su llegada y en cómo se había alejado de mí, sin que yo entendiera por qué.

Cuando al cabo de un rato noté los dedos de los pies entumecidos por el frío de la noche, me di cuenta de que era hora de volver. Me levanté y empecé a caminar a tientas hacia donde debía de hallarse el sendero. Las hojas caídas y la tierra desnuda hacían de la ladera un terreno resbaladizo. Varias veces estuve a punto de caerme y no sabía muy bien dónde me encontraba. Ante mí aparecieron unos matorrales que no recordaba haber visto antes y, de repente, pisé algo blando. El suelo cedió y se abrió un agujero bajo mis pies. Aunque conseguí lanzarme hacia delante para no caer dentro, me quedé colgando por la cintura. La tormenta debía de haber dejado al descubierto un foso subterráneo.

Empecé a oír un zumbido a mi alrededor. El débil resplandor de la luna iluminó un enjambre de cientos de mariposas que salieron revoloteando de los matojos. Sus alas se veían anormalmente grandes bajo la escasa luz y brillaban en tonos grises y plateados. La bandada no parecía tener fin, cada vez más insectos alados emergían de entre los arbustos para adentrarse en la noche. Era un espectáculo tan hermoso que me quedé allí, suspendida sobre el abismo, observándolo embelesada. Era como si la propia isla me diera las buenas noches de ese modo.

Cuando la última mariposa alzó el vuelo, la oí de nuevo. Oí la voz:

«Maresi... —susurraba—. Hija mía».

Venía del agujero que se abría debajo de mí. Allí, en la oscuridad, estaba ella. Esperando. Sentí su aliento frío en los pies. Sentí que me buscaba. Me puse a patalear y a gritar en un intento desesperado por ahogar aquel eco siniestro.

—¡No puedes llevarme contigo! —exclamé—. ¡No soy tuya!

Pugné hasta salir del foso, a salvo del hálito gélido de la Anciana. El zumbido proseguía entre las matas que me rodeaban. Al principio pensé que se trataba de más mariposas. Pero no: eran cuerpos filiformes que se retorcían en la maleza alrededor de mis pies. Culebras. Decenas, no, cientos de culebras salían serpenteando de los matojos. Se metían en los hoyos, bajo las piedras, entre las nudosas raíces de los cipreses. Me quedé petrificada. Es raro ver una culebra en la isla y en ese momento tenía ante mis ojos más de las que había visto en toda mi vida. La procesión me llevó a recordar el picaporte de la puerta de la Anciana y el miedo me atenazó con fuerza. Me debatía entre el terror a las serpientes y el deseo de huir del abismo y de la voz que me llamaba desde allí abajo. Solo mucho después de que desapareciera la última culebra me atreví a dar un primer paso. Luego otro. Pisé tan fuerte como me lo permitían las sandalias, para ahuyentar a las serpientes. Para ahuyentar a la propia Anciana si eso era posible.

Tardé una eternidad en volver al sendero. Una vez que lo encontré, bajé corriendo hasta el Portón de las Cabras. Lo había dejado entreabierto, así que lo cerré a mis espaldas.

Lo cerré, sé que lo hice. Todavía soy capaz de oír el golpe al cerrarlo detrás de mí. Pero no recuerdo si eché la aldaba. ¡Estaba tan cansada! ¡Le tenía tanto miedo a la Anciana! Quería llegar a mi cama, quería estar a salvo bajo mi propia manta. Me dolían las piernas y los brazos a causa del esfuerzo físico del día. Siempre atranco la puerta con la aldaba, pero, por más que lo intento, no logro recordar si lo hice esa noche.

Me deslicé entre las sábanas. Durante unos breves momentos, me quedé tendida, escuchando la respiración de las otras chicas. Sabía que, si se me ocurría alargar la mano, Jai no la cogería. El agotamiento, sin embargo, hizo que el sueño pronto se apoderara de mí y me envolviera como una sepultura. Dormí tan profundamente y sin soñar que tardé mucho en salir a la superficie cuando un ruido rítmico irrumpió en mi descanso.

Todavía quedaba mucho para el amanecer. El ruido que me había despertado procedía de la ventana. Era un golpeteo fuerte y acompasado.

En la cama de al lado, Jai se hallaba incorporada con las manos compulsivamente aferradas al borde de la manta. Tenía los ojos abiertos de par en par y miraba fijamente a la ventana.

Afuera se oían aleteos y crujidos. Algo grande embestía contra el cristal. Entonces se reanudaron los golpes, con más insistencia aún.

El pájaro de Dorje emitió un silbido. Esta saltó de la cama y corrió hacia la ventana. Antes de que yo pudiera detenerla, abrió los postigos hacia la noche.

Un koan, el símbolo de la Abadía, entró volando. Revoloteó por el dormitorio y lanzó un único chillido estridente. A mi alrededor, cuerpos somnolientos se levantaban de las camas, se oían gemidos y protestas. Pero Jai no apartó los ojos del ave:

—Los pájaros… —dijo en voz baja—. Los pájaros avisan del peligro.

Ennike, recién despierta, siguió nuestra conversación sin decir nada.

El pájaro de Dorje parloteaba indignado.

—Es época de cría —observó su dueña—. Los koans están anidando al otro lado de la montaña.

Ella y yo nos miramos.

—Hay calas resguardadas al oriente —dije despacio.

—Han desembarcado en la isla —susurró Jai.

—No conocen las montañas. Tardarán en encontrar el camino. Y está oscuro.

Dorje llamó al koan con un silbido y este acudió a ella de inmediato. Le acarició el plumaje mientras Pájaro los miraba celoso. Luego lo devolvió con suavidad al exterior y cerró la ventana. Yo me incorporé y pasé las piernas por el borde de la cama.

En el momento en que mis pies tocaron el suelo, lo sentí. La Anciana acechaba. Sentí su hambre, su oscuridad. La puerta de su reino seguía cerrada, pero su aliento acre se abría camino en la noche. Respiré hondo:

—Están cerca. Puede que ya hayan cruzado la montaña.

Nos miramos las unas a las otras en silencio. Jai, Dorje, Ennike y yo. Nos devanábamos los sesos en una inmóvil y silenciosa desesperación, en busca de una respuesta a la pregunta de qué era lo que debíamos hacer.

Jai se despojó de la manta:

—Voy a despertar a la hermana Nummel.

—Yo voy corriendo a ver a la Madre —dijo Dorje segundos antes de desaparecer por la puerta.

Ennike corría de un lado a otro sacudiendo a las novicias que aún no se habían despertado.

Yo permanecí sentada. La presencia del barco y los hombres apenas me afectaba. No era a ellos a quienes temía. Era la voz de la Anciana la que me helaba los miembros. Era incapaz de mover ni un músculo. El corazón me latía desbocado. En los brazos sentí de nuevo el peso del cuerpo de Anner. Había intentado protegerla, le había dado mi comida, pero era una niña débil desde el momento en que nació. Enferma. No conseguí que comiera. No conseguí bajarle la fiebre. No pudo resistir la llamada de la Anciana. Me abandonó dejándome con el regazo vacío.

Todavía seguía allí sentada cuando la hermana Nummel entró en la habitación.

—¿Cómo podéis estar tan seguras? —le preguntaba a Jai, que iba tras ella—. Un solo pájaro no es una señal.

Miró a las novicias medio adormiladas, a sus caras de susto.

—En serio, Maresi. —La hermana Nummel clavó los ojos en mí—. Sé que todas te hacen caso, pero no debes abusar de ello. Piensa en las pequeñas. Estarán aterrorizadas.

Las pequeñas. Había que sacarlas de allí. Pensar en ello dio vida a mis miembros paralizados. Me puse el sayo a toda prisa y metí el pie izquierdo en una sandalia. Mientras saltaba sobre una pierna para ponerme la otra, me abrí paso entre las camas. La hermana Nummel protestó, aunque no alcancé a oír lo que decía. Jai me miró y me hizo un breve gesto de asentimiento con la cabeza antes de retirarle la manta a la novicia que tenía más cerca:

—¡A levantarse, ahora mismo! Vestíos. Abrigaos. Poneos la ropa encima del camisón. Vamos.

Pasé corriendo ante la cama de Ennike y entré en el dormitorio de las pequeñas. Me detuve en la puerta unos instantes, contemplando las cabezas dormidas en las sábanas blancas. Los delicados cuellos de niña. Las bocas entreabiertas. Heo, Ismi, Leitha, Sirna y Peane. Volví a oír en mi cabeza las palabras de Jai: «Se vengará de quienquiera que me haya dado cobijo». Y sentí la presencia de la

Anciana. Sentí que tiraba de nosotras hacia su puerta.

—Arriba, chicas —susurré para no asustarlas—. Tenéis que levantaros enseguida. Y vestiros.

Estaban tan acostumbradas a obedecerme, todas ellas, que se incorporaron como un resorte y extendieron los brazos para que las vistiera. El sueño que persistía en sus ojos y sus bocas les impedía hacer preguntas. Las llevé al segundo dormitorio, donde la hermana Nummel aguardaba con los brazos cruzados y gesto colérico. Las novicias mayores se apiñaban asustadas, nos miraban a mí y a la hermana Nummel, sin saber a quién creer. Cuando Ismi las vio, rompió a llorar. Heo le rodeó el cuello con su flaco brazo:

—No llores, Ismi. Maresi está con nosotras. Ella nos protegerá.

Su voz sonaba tranquila y llena de confianza. No sabía que yo casi les había fallado. Mi miedo nos había costado un tiempo precioso.

Jai vino corriendo; yo dejé a las niñas un momento para seguirla hasta el patio. Oí que la hermana Nummel venía detrás de nosotras. La delgada luna creciente colgaba baja en el cielo. «Que la Diosa nos asista —pensé—. Su poder está ahora en el punto más débil». No se veía mucho con la escasa luz. El patio estaba vacío. La noche arrojaba un denso manto sobre la isla. La hermana Nummel se colocó a mis espaldas e inspiró, como tomando carrerilla para empezar a reprendernos.

Se oyó entonces un grito procedente de la Casa del Fuego Sagrado. Todas reconocimos la voz de Cissil. Luego un ruido metálico. Una puerta cerrándose de golpe. Otro grito. Silencio.

—El Portón de las Cabras —susurró la hermana Nummel—. Han entrado por el Portón de las Cabras.

—La Casa del Fuego Sagrado. —Apenas logré articular las palabras.

Allí dormían Cissil, Joem y la hermana Ers. Por la Escalera de la Luna bajaban corriendo dos figuras blancas, la Madre y Dorje. Revoloteando tras ellas iba una criatura oscura, Pájaro.

—Al patio del templo —siseó la Madre sin detenerse—. Nos han rodeado. Los he visto desde el Patio de la Luna. Algunos se han apostado frente a la entrada principal por si intentamos escapar por ahí. Por esa puerta no pueden acceder. Deben de haber entrado por el Portón de las Cabras.

Antes de que terminara de hablar, Jai y yo ya estábamos dentro de la Casa de las Novicias.

—¡Fuera! Los hombres están aquí. Vamos a subir al patio del templo ahora mismo.

Cogí a Leitha, la más pequeña, en brazos, agarré a Heo de la mano y eché a correr. Detrás mío venían Jai con Ismi y Peane, una en cada mano, y Ennike llevando en volandas a Sirna. Las demás novicias las seguían, percibí el ruido de pies correteando a mis espaldas. Mientras, la hermana Nummel nos esperaba fuera; la oí pasarnos lista mientras corríamos.

Nunca los Escalones del Ocaso me habían parecido tan largos. Leitha se aferraba tanto a mi cuello que me costaba respirar y tenía que acompasar mis pasos con los de Heo. En la oscuridad, apenas podía ver dónde ponía los pies, de modo que tropecé varias veces, me golpeé las espinillas y me raspé los dedos.

Por fin llegamos arriba. Todas las hermanas y la Madre estaban reunidas en el patio del templo.

—No puedo permitirlo —decía la Madre en voz baja a la Rosa cuando acudimos a su lado—. Jamás.

—Lo harán de todos modos —repuso la Rosa, muy erguida y pálida—. Lo sabes muy bien. De esa forma quizá logre proteger a las demás.

Su mirada se posó en mí y en las novicias que me seguían, luego volvió a clavarse en el rostro de la Madre:

—A las pequeñas.

—Eostre… —dijo la Madre, su voz apenas un susurro.

—Ya no soy Eostre. Soy la Sierva de la Rosa, soy la encarnación de la Doncella. Este es mi dominio.

—Debemos bloquear las escaleras —cortó la hermana O—. Enseguida. Ya están abajo, en el patio, escuchad. Están registrando la Casa de las Novicias y el Manantial del Cuerpo.

—Eso es imposible —objetó la hermana Loeni—. Es imposible que nos dé tiempo.

—Debemos intentarlo. —La Madre se volvió hacia mí—. Maresi, recuerda lo que te he pedido. Lleva a las niñas contigo a la Casa del Conocimiento. Abre la cripta y escóndelas allí. Es el lugar más seguro de toda la isla. Esperemos que tarden en darse cuenta de que es una puerta. Atrancadla por dentro si podéis. Y llévate a Jai contigo. Que la Diosa os acompañe.

Se quedó mirando seria a las demás novicias mayores:

—¿Queréis ir con ellas?

Agarré fuerte a Leitha.

—¡Vamos! Apresuraos.

Oí gritos rabiosos y risas groseras en el patio mientras me encaminaba a la Casa del Conocimiento.

Ennike negó con la cabeza.

—Yo no. Si aquí no hay nadie de la edad de Jai cuando ellos lleguen, sospecharán e irán a buscaros. Pero, si algunas de nosotras nos quedamos, puede que logremos engañarlos.

—Yo también me quedo —dijo Dorje.

Toulan asintió sin decir nada.

Yo no podía demorarme ni un segundo. Cuando abrí la puerta de la Casa del Conocimiento e hice pasar a las pequeñas, lancé una ojeada a mis espaldas. En el patio del templo, las hermanas se habían colocado como un muro frente a las novicias, con los semblantes mirando hacia las escaleras. Al frente estaba la Madre con los brazos en alto.

Ninguna de las novicias había venido con nosotras.

Jai y yo cerramos la puerta de la Casa del Conocimiento tras nosotras y nos adentramos corriendo con las pequeñas cogidas en brazos o agarradas de las manos. Nos detuvimos ante la cripta. En la penumbra distinguí a duras penas la inscripción, era lo único que diferenciaba la puerta del resto de las paredes del pasillo.

—¿Cómo se abre? —preguntó Jai en voz baja.

—Nunca he entrado —respondí. Estar tan cerca de la puerta del reino de la Anciana hacía que me flaquearan las piernas—. Pero la hermana O ha dicho que basta con saber que es una puerta.

Puse la mano sobre la inscripción y empujé. Sin hacer ruido, un gran bloque de piedra se deslizó hacia dentro, revelando una escalera que descendía hacia una densa oscuridad. Una corriente de aire helado hizo temblar a las niñas, quienes por lo demás estaban muy tranquilas. Quizá no entendían lo que estaba ocurriendo en realidad. No lloraban ni gimoteaban. En cambio, yo sí que tragué saliva al sentir el aliento de la Anciana.

—¿Vamos a bajar? —preguntó Heo.

—Sí, pero necesitamos luz —respondí—. De lo contrario podríamos caernos y hacernos daño. Jai, entra con las pequeñas. Yo traeré algunas lámparas. Si oís algún ruido, cerrad la puerta de inmediato.

Jai hizo cruzar el umbral a las niñas. Yo corrí por el pasillo hacia nuestra aula, donde guardábamos lámparas de aceite y yesqueros para las pocas veces que teníamos clases por la tarde. Mientras cogía dos lámparas con las manos temblorosas, del patio llegó el sonido de algo que no había oído en años.

La voz de un hombre.

Tenía que saber qué estaba pasando. Dejé las lámparas sobre una mesa y me encaramé con sigilo al vano de la ventana.

Los hombres habían subido los Escalones del Ocaso. A la luz de la delgada luna creciente no podía distinguir sus rostros. Eran como un denso cúmulo oscuro delante de la Madre, quien permanecía de pie con los brazos en alto y el pelo gris cayéndole en cascada por la espalda. Tras ella estaban las hermanas y detrás de ellas las novicias, temblorosas en sus camisones blancos, como los pétalos de las flores del manzano. Los hombres eran una masa vibrante de violencia mal contenida, dispuestos en cualquier momento a arrancar los pétalos y arrojarlos al mar, a destrozarlos contra las rocas, a ensartarlos en las afiladas armas que de vez en cuando brillaban a la luz de la luna. Distinguí sus salvajes barbas rubias, sus cabezas afeitadas, sus manos tatuadas con extraños signos.

Y frente a ellos se erguía la Madre, sin defensa alguna contra aquel ataque, más allá de sus manos extendidas.

—Los hombres tienen prohibido el acceso a esta isla.

Su voz era tan clara y aguda que me llegaba a través del ruido del acero y de las voces coléricas, a través del cristal de la ventana que me separaba del patio.

—Los hombres tienen prohibido el acceso a esta Abadía. —Su voz no vacilaba, semejante al repicar de la Campana de Sangre—. Abandonadnos de inmediato. Volved a vuestro barco. Zarpad y seguiréis viviendo hasta que vuestro hilo vital se agote.

Contemplé el semblante de la Madre: serio y poderoso. Su tono hizo dudar a los hombres. Les hizo abstenerse de desenvainar sus dagas, de seguir adelante. Recordaron el cese del viento primero y la repentina tormenta más tarde. Retrocedieron.

Entonces uno de ellos se adelantó ante los demás. Llevaba la cabeza sin afeitar, el pelo corto y claro y una barba bien cuidada. No alcancé a distinguir el color de sus ropajes, pero su jubón tenía el cuello ricamente bordado, y su daga, un mango con incrustaciones. De inmediato supe quién era.

El padre de Jai.

—¿Dónde está? ¿Dónde está esa puta?

Vaciló un poco al ver a la Madre ante sí, al percibir su fuerza y su severidad. Pero no se echó atrás. Solo apretó con más fuerza la empuñadura de la daga.

—Dame lo que es mío, mujerzuela, si quieres que te deje en paz y no te haga daño. —Sus ojos no decían lo mismo que su boca.

—Os equivocáis —dijo la Madre con calma. Sus manos seguían levantadas y firmes, sin el más mínimo temblor—. Aquí no hay nada vuestro. Y sois vos y vuestros hombres quienes habéis de sufrir daño.

El padre de Jai apartó entonces los brazos de la Madre de un manotazo. Sus hombres parecieron asustarse, pero no pasó nada.

—Dejad de temblar como perros —gritó antes de inclinarse hacia la Madre—. ¿Dónde está? ¿Dónde está mi hija? —dijo escupiendo esta última palabra.

—Ahora es hija mía —respondió ella serena—. Marchaos.

—¡Cállate! —rugió el padre de Jai. Acto seguido se dirigió a sus hombres—: ¡Registrad los edificios! Okret, tú te encargas de dirigir un grupo. Vinjan, lleva algunos hombres contigo. Ya sabéis a quién estamos buscando.

Los secuaces desenvainaron las dagas. Un puñado de ellos rodeó a las hermanas y a las novicias. Uno en particular se acercó mucho a la hermana O y a la Rosa. Tenía aspecto de ser de un rango superior al de los otros hombres, pues lucía un jubón que relumbraba como la seda a la luz de la luna y una barba de dos puntas tan clara que casi parecía blanca. Una daga dentada tan larga como mi antebrazo colgaba de su cinturón. En sus manos y su frente se apreciaban varios tatuajes. Se quedó mirando fijamente a la Rosa, sin parar de pasarse la lengua por los dientes detrás de los labios cerrados. Esta permaneció con la mirada vacía clavada en el mar.

Los demás se alejaron, conducidos por dos hombres que iban vestidos como el padre de Jai, uno viejo, el otro joven. No tardaron en regresar.

—Las casas están vacías, hermano —informó el mayor aproximándose al padre de Jai.

—Pero la puerta de esa está cerrada con llave, tío —añadió el más joven señalando la Casa del Conocimiento.

Vestía un jubón negro parecido al del padre de Jai. No levantó la vista hacia su tío ni miró a las mujeres vestidas de blanco. Mantenía los ojos en el suelo y toqueteaba nervioso un pequeño puñal que llevaba en el cinturón.

—¡Pues entonces buscad algo para echarla abajo! —rugió el padre de Jai—. ¡Ahora mismo!

Me bajé del alféizar de la ventana y agarré las lámparas y los yesqueros. Me quité las sandalias para que no se oyeran mis pasos y corrí por el pasillo de vuelta a la cripta. Fuera se oían las voces de los hombres, más apagadas que antes. No pude distinguir ninguna palabra. Pronto encontrarían algo con lo que derribar la puerta. Muy pronto.

Me reuní con las demás y Jai, que también había oído las voces de los hombres, no perdió ni un segundo en empujar la puerta a mis espaldas. Se cerró sin el más mínimo ruido. Solo entonces me atreví a encender las lámparas de aceite. Su resplandor reveló un conjunto de rostros pálidos ante mí. Las llamas parpadeantes iluminaban las paredes de piedra gris y una escalera de caracol. No nos atrevimos a decir ni una palabra mientras bajamos por ella en fila india. Yo tuve que tragarme el miedo e ir al frente. La escalera no era larga. Cuando llegamos al último peldaño, estábamos más o menos a la altura del patio central, en una sala de techo bajo, larga y estrecha, con paredes de piedra natural y nichos a ambos lados. La estancia era fría y carecía de adornos, pero no estaba descuidada. El suelo había sido barrido con esmero y en el centro se alzaba un pequeño altar con regalos para la Anciana: una manzana del otoño pasado, unas hermosas piedras de luna y la piel mudada de una serpiente.

Jai y yo dimos unos primeros pasos inseguras, cada una sosteniendo su lámpara. La luz se deslizaba por los nichos. En ellos yacían los restos de todas las hermanas que habían vivido y muerto en Menos. Entre los huesos y en las oscuras cuencas de los ojos de los cráneos se escondían las sombras de la Anciana. En ningún sitio había sentido su presencia con tanta fuerza como en ese lugar, ni siquiera durante la Danza Lunar. No podía ver la puerta de su reino, pero sabía que estaba allí, siempre esperando, aguardando su momento. Las niñas se mantenían cerca de mí y de Jai, silenciosas y serias. La habitación era muy larga y su extremo más alejado estaba a oscuras.

—No veo nada con lo que podamos atrancar la puerta —dijo Jai levantando la lámpara.

Yo negué con la cabeza mientras tragaba saliva:

—Solo podemos rezar para que no la encuentren.

Cuando llegamos a la otra punta de la estancia, descubrimos que no era tal, sino una cueva natural, parte de un conjunto de galerías subterráneas que las hermanas habían cincelado hasta convertirla en una cripta para sus muertas. Una gran puerta de madera, carcomida por el avance del tiempo, cerraba el paso en la pared más corta. Junto a ella había siete nichos, ligeramente más grandes que los demás, y en cada uno de ellos reposaban flores frescas. En placas de latón figuraban los nombres de las muertas: Kabira, Clarás, Garai, Estegi, Orseola, Sulani y Daera. Después de cada nombre se veía una marca grabada con estilo florido. ¿Una I, tal vez? Me lo vengo preguntando desde entonces, aunque en aquel momento no pensé en ello en absoluto.

Les dije a las pequeñas que se sentaran, y Jai y yo pusimos nuestras lámparas una al lado de la otra en el suelo. Las niñas se colocaron formando un pequeño y primoroso círculo. Como si estuvieran de excursión por las laderas de la Dama Blanca.

Cuando yo me senté, Heo saltó de inmediato a mi regazo.

—¿Vienen los hombres? —preguntó Ismi.

—No seas tonta —respondió Heo con seguridad—. Maresi está aquí. No se atreverán. Y, si lo intentan —añadió con un amplio bostezo—, acuérdate de las Mujeres de la Luna. Seguro que vienen y se ponen a lanzar piedras otra vez.

Pronto se quedaron todas dormidas, con la cabeza de las unas en el regazo de las otras y agarrándose mutuamente las cinturas con sus tiernos bracitos.

Jai, sin embargo, no lograba estarse quieta. Caminaba a lo largo de la cripta hasta perderse en la oscuridad, se daba la vuelta y regresaba hacia nosotras, una y otra vez. Tenía la mirada desorbitada y los puños apretados.

Cuando vio que yo la contemplaba, se acercó a mí:

—Es culpa mía que la Abadía perezca. Vais a morir todas y soy yo quien ha traído la muerte conmigo. Nunca debería haber venido.

Me tendió la mano.

—Dame la llave de la puerta principal. Voy a salir ahora, voy a entregarme. Tal vez a vosotras os perdone la vida. —Esbozaba una terrible sonrisa sin esperanza—. Si es que queda alguien ahí fuera a quien perdonársela.

—Ni hablar. —Acomodé con suavidad la cabeza de Heo y ella exhaló un tenue suspiro en sueños—. No vas a salir ni ahora ni después. La Madre cuidará de nosotras. Tienes que confiar, ella no dejará que pase nada malo.

¿Creía en lo que decía? No lo sé. Quería creerlo. La Madre ya había ahuyentado a los hombres una vez.

Pero lo cierto era que no había servido de mucho. Los hombres habían llegado a tierra después de todo. Estaban en la Abadía, con sus relucientes armas blancas.

Jai permaneció ante mí, con la mano aún extendida y la mandíbula apretada.

—¡Dame la llave! No quiero ser la responsable de vuestra muerte.

—¡Chis! Vas a despertar a las pequeñas. Los hombres no podrán entrar aquí. ¿No recuerdas la historia? La Casa del Conocimiento nos protege.

En ese preciso instante se oyó un terrible estruendo procedente de arriba; el eco resonó por toda la montaña hasta llegar a nosotras. Los ojos de Jai se cruzaron con los míos:

—¡La puerta de entrada!

—Ahora sí que no puedes ir a ninguna parte. Si lo haces, descubrirán nuestro escondite y a las niñas. Nos quedaremos aquí hasta que la Madre venga a buscarnos.

Lo dije con más firmeza de la que realmente sentía. El frío de la puerta, el aliento de la Anciana. Ella acechaba. Reclamaba su ofrenda sacrificial. Ya no sabía si afuera quedaba alguien que pudiera venir a buscarnos.

Alguien que no portara armas blancas.

Un ruido indefinido me despertó. Me hallaba sentada con la espalda apoyada en el fresco muro de piedra y con el peso de Heo en mi regazo. Me costaba creer que hubiera sido capaz de dormirme. Se me antojaba una traición hacia las demás, que se habían quedado allá arriba en la Abadía. Estaba segura de que ninguna de ellas dormía. Si es que seguían con vida.

Me incliné con cuidado para avivar las lámparas de aceite y me di cuenta de que una de ellas había desaparecido. Tampoco había rastro de Jai.

Con mucho cuidado levanté a Heo, que a pesar de ello se despertó y emitió un ruidito somnoliento, como el de un gatito.

—¿Qué pasa, Maresi?

—Chis, no despiertes a las demás. Voy a ver adónde ha ido Jai.

—Estará explorando la cueva —masculló ella acurrucando la cabeza sobre los pies de Ismi—. La he visto antes mirando por ahí.

Al principio no entendí lo que quería decir. Pero luego me di cuenta de que algunas de las tablas carcomidas de la puerta que cerraba el paso en el extremo de la cripta habían sido arrancadas.

Miré a mi alrededor. No podía llevarme la lámpara. Las niñas necesitaban luz para no tener miedo. Un trozo de tabla yacía en el suelo, seco y esponjoso. Con cuidado, vertí un chorrito de aceite de la lámpara sobre el pedazo de madera y lo acerqué a la llama. Prendió al instante.

—Enseguida vuelvo —dije.

Heo murmuró algo ininteligible en respuesta.

Me metí por el agujero que había hecho Jai al arrancar las tablas y me adentré en la oscuridad. La cueva era aún más estrecha allí, se convertía en un pasadizo largo y angosto con un suelo irregular levemente empinado. Yo sostenía la madera en alto para evitar que me cegara la llama, aunque servía más para reconfortarme que para iluminarme el camino. Recorrí con la mano libre la pared de la cueva. No podía dejar a las niñas solas mucho tiempo. Tampoco podía permitir que Jai se entregara a su progenitor. Esa no podía ser la intención ni la voluntad de la Primera Madre.

Recordé lo que la hermana O había dicho sobre que éramos los seres humanos quienes nos hacíamos daño los unos a los otros. Apreté el paso.

La llama parpadeó y se apagó. Me detuve. La oscuridad se compactó a mi alrededor. Era una negrura tan densa como la que sabía que reinaba al otro lado de la puerta de la Anciana.

No, no tan densa. A lo lejos, se vislumbraba una luz cálida. Solté la tabla y empecé a correr hacia ella, tanteando con las manos a ambos lados de las paredes del pasillo.

Ahí estaba Jai, con la lámpara levantada, mirando hacia arriba.

—Mira, ¿lo ves? —dijo señalando hacia arriba cuando la alcancé, jadeante—. El cielo nocturno. Hay una salida.

—No puedes, Jai —protesté mientras recuperaba el aliento—. Ahora eres una de nosotras. Ya no le perteneces.

—Por eso he de hacerlo —repuso volviéndose hacia mí. Se la veía extrañamente tranquila—. Porque soy una de vosotras. Porque os quiero tanto como a Unai.

La lámpara iluminaba su rostro desde abajo, convertía sus ojos en grandes fosos negros.

—Tienes que ayudarme a subir.

—¡En la vida!

Nos miramos, como si nos midiéramos. Ella no iba a ceder, podía verlo en la expresión de su rostro. Pero sin mi ayuda no podría alcanzar el agujero del techo. Levanté la vista y vi un cielo que clareaba en la primera hora del amanecer. Unas cuantas ramas dispersas se mecían en la suave brisa del mar.

—Sé dónde estamos —dije despacio—. Es la ladera que hay encima del Templo de la Rosa. Ayer descubrí el hoyo.

Tenía que encontrar la forma de impedir que Jai se rindiera a su padre. Estaba decidida. Nada de lo que yo le dijera podría hacerla cambiar de idea. Si no la ayudaba a subir, volvería a la puerta de entrada y saldría por allí.

La Anciana murmuró en las tinieblas que nos rodeaban. Sus palabras sabían a muerte. Sobre mi cabeza había luz, cielo y una fresca brisa marina. Una forma de escapar de la puerta de la Anciana.

—Podría subir y ver lo que está pasando ahí fuera. —Miré a Jai, confiando en que no pusiera reparos—. Pero entonces tienes que quedarte con las pequeñas. Haz que se sientan tranquilas y seguras. Ahora son tus hermanas, Jai. Yo volveré en cuanto pueda y te contaré lo que he visto.

Jai guardó silencio durante largo rato. La luz de la lámpara distorsionaba sus facciones y me impedía descifrar sus pensamientos. Por fin asintió brevemente. Dejó la lámpara y juntó las manos ahuecadas a modo de estribo. Yo puse el pie en ellas y me levantó con unos brazos fuertes, fruto de meses de duro trabajo en la Abadía. Me agarré con las manos a la raíz de un árbol y con el otro pie encontré un punto de apoyo en la áspera pared rocosa. Trepé un poco y me quedé agarrada con fuerza a una zona entre la oscuridad y la luz. No lograba distinguir ningún asidero, así que tuve que tantear con la mano hasta que encontré algo que, esperaba, soportaría mi peso. Seguí subiendo y me aferré con los pies a la raíz del árbol. Ya no estaba lejos de la superficie. Podía ver las raíces y las ramas que habían detenido mi caída la noche anterior. La pared rocosa no era del todo vertical y encontré puntos de apoyo para los dedos, las rodillas y los pies. Al llegar a las raíces, utilicé su enmarañada cabellera para impulsarme más arriba, hacia el amanecer. Una vez emergí, me di la vuelta y asomé la cabeza por el hoyo del que había salido:

—Volveré antes de que el sol esté a un palmo por encima del horizonte —susurré—. No hagas ninguna tontería hasta entonces, Jai.

Ella no contestó. No pude ver su cara allí abajo, solo una figura vestida de blanco junto al débil resplandor de la lámpara. Me levanté, dispuesta a marcharme. Del hoyo salió entonces su voz, profunda y ronca:

—Ten cuidado, Maresi, hermana mía.

Lo primero que noté fue el silencio sepulcral que se cernía sobre la Abadía. No se oía ninguna puerta abriéndose ni cerrándose, no se oía el rechinar del torno del pozo ni los gritos alegres de las niñas jugando. La Abadía nunca había estado tan muda y quieta. Aunque también era cierto que desde el establo llegaban los balidos de las cabras que esperaban el ordeño matutino, pero sus ruidos no hacían más que aumentar el silencio ensordecedor. Un silencio muy parecido al que emanaba de la puerta de la Anciana.

Estaba clareando, pero el sol aún no había salido, de modo que la Abadía seguía en la penumbra. Desde la ladera de la colina, podía distinguir las familiares formas de los edificios a mis pies. El más cercano a mí era el Templo de la Rosa, su pared más larga se hallaba orientada hacia la escarpada montaña. El tejado ocultaba el patio del templo, pero podía ver la Casa del Conocimiento y, a su derecha, el jardín anexo. Incluso desde el lugar en que me encontraba se apreciaba que este había sido profanado. Las plantas estaban arrancadas de raíz o yacían esparcidas por el mantillo, pisoteadas. La brisa marina traía consigo el olor de las plantas moribundas: dulce, amargo, especiado.

A la izquierda, el patio central se hallaba sumido en las sombras, y más allá, en el cerro que subía a la Dama Blanca, estaba la Casa del Fuego Sagrado, con la puerta abierta.

No se veía a nadie. Eso me asustó más que los puñales relumbrantes y las manos tatuadas de los hombres.

Con sigilo bajé por la ladera de la montaña. Al principio encontré algunos arbustos y cipreses tras los que esconderme, pero según avanzaba todo lo que veía era hierba y matas de raíces de korr. Caminé haciendo el menor ruido posible. Entre la pared más corta del Templo de la Rosa y la Casa del Conocimiento, hay un estrecho pasadizo que no lleva a ninguna parte, sino que desemboca cual callejón sin salida en la muralla, que en esa zona discurre muy pegada a los edificios. El muro no tiene allí mucha altura, pues no es de esperar que alguien escale la montaña y ataque la Abadía desde el noreste. Pero aun así no me era posible salvarlo. En lo alto se hallaba posado el pájaro de Dorje, con las plumas azules de la cola oscurecidas por la tenue luz del amanecer. Saltaba nervioso arriba y abajo y miraba hacia el patio del templo. Me detuve justo debajo de él:

—Pájaro —llamé sin que hoy sepa por qué lo hice—. Pájaro, ¿dónde está Dorje?

Pájaro se dio la vuelta y me miró. Sus ojos oscuros brillaban.

Lanzó entonces un breve chillido y voló hasta posarse en mi cabeza. Sus afiladas garras me arañaron el cuero cabelludo y se enredaron en mi cabello. Levanté una mano para apartar al animal, pero sentí entonces otro par de garras que me agarraban del antebrazo. El pelo me tapaba la cara, no podía ver bien qué clase de ave se trataba. Sacudí suavemente la mano y descubrí que otro pájaro se había posado en mi hombro. Y en el otro hombro, y en la mano. Varios pares de garras me cogieron una tras otra, sin hacerme daño a pesar de lo afiladas que eran. Perdí la cuenta de cuántos pájaros se enganchaban a mí y me quedé totalmente inmóvil bajo su peso hasta que, de repente, ya no acudió ninguno más. Entonces levanté el vuelo. Los pájaros me elevaron, si bien con la misma rapidez volvieron a bajarme, y acto seguido desaparecieron en silencio. Llegué a dudar de que hubieran sido reales. Pero cuando Pájaro bajó de un salto de mi cabeza a mi mano derecha y yo me aparté el pelo de la cara con la izquierda, me encontré al otro lado del muro. Desde allí divisé justo enfrente de mí el estrecho pasadizo que discurre entre la Casa del Conocimiento y el Templo de la Rosa hasta llegar al patio del templo. Vi sombras que se movían. Y oí voces. Voces ásperas y graves que no me eran familiares.

Me apresuré a llegar a la Casa del Conocimiento y me apreté contra la fachada de la pared más corta. El pájaro voló de mi mano.

Me asomé con cautela por la esquina del edificio. Pájaro se había posado en el alféizar del rosetón más cercano, en el templo. Golpeaba la vidriera con su largo pico y emitió un graznido desamparado. Una piedra llegó volando desde el patio. No alcanzó a Pájaro por un pelo, pero en cambio rompió y atravesó la vidriera roja. Allá en el patio se oyeron risas burlonas. El ave alzó el vuelo entre graznidos en una nube de encrespadas plumas rojiazules, si bien volvió a aterrizar de inmediato, a pesar de que con ello se exponía a una nueva pedrada.

Dorje debía de estar dentro del templo.

Las sombras de los hombres se movían por el patio. Cuando otra piedra rompió el cristal de una vidriera justo al lado de Pájaro, este se rindió y voló hasta posarse en la cumbrera del tejado. De nuevo risas y voces ásperas. Uno de los hombres apareció a mi vista, de espaldas a mí. Percibí su cabeza rapada y sus muslos gruesos como el tronco de un árbol. Lo reconocí por la daga que brillaba en su cinturón, larga y dentada. Era el que parecía superior al resto de la tripulación. El que se había acercado tanto a la Rosa. Una mano tatuada a la que le faltaban varios dedos sujetaba un pedrusco enorme. El hombre miró al tejado, donde Pájaro se había puesto a salvo de los proyectiles.

—Aún no la hemos encontrado, ¿qué te hace pensar que vamos a lograrlo? —dijo una voz y el hombre se volvió para mirar al que hablaba—. Lo que oyó Sarjan debieron de ser falsos rumores. La chica no está aquí. Deberíamos marcharnos. La tormenta de ayer no fue natural, diga lo que diga Sarjan.

El hombre sin dedos se encogió de hombros.

—Entonces hagamos lo que de verdad hemos venido a hacer. Luego podemos zarpar y buscar por otro lado.

—Zarpar rumbo a casa, querrás decir —resopló un tercer hombre—. He oído al blandito de Vinjan decir que han encontrado mucha plata en esa casa de allí.

Señaló hacia el Patio de la Luna.

—Allí está nuestra paga.

—Y allí. —El hombre sin dedos señaló con la piedra el Templo de la Rosa, y los demás rompieron en estruendosas carcajadas.

Tenía que ir a ver qué ocurría dentro del templo.

Justo a mis espaldas se hallaba el muro bajo que rodea el Jardín del Conocimiento y que corta en perpendicular el muro exterior de la Abadía. Me encaramé a él y caminé, manteniendo el equilibrio hasta llegar a la intersección. Desde allí no me resultó difícil subir a lo alto de la muralla externa. La cornisa era ancha y se caminaba por ella sin dificultad. No había nada tras lo que ponerse a cubierto, pero decidí arriesgarme. Corrí a lo largo de la muralla, más allá del estrecho pasadizo por el que los hombres podían verme desde el patio del templo si miraban hacia esa dirección en aquel momento. No pareció que lo hicieran, pues no oí ningún grito de alarma. Llegué a la fachada trasera del templo, a la altura de uno de los altos ventanales. De un salto alcancé el profundo vano en que estaba construido. El cristal coloreado me permitía ver desde fuera sin apenas ser vista por quien estuviera dentro.

Me llevé las manos a la cara a modo de visera y eché un vistazo. Mis ojos tardaron un momento en adaptarse a la oscuridad. Entonces vi la sala del templo frente a mí. Las novicias y las hermanas se apiñaban entre las columnas, calladas e inmóviles, todas de espaldas a mí y con el rostro vuelto hacia la puerta. Intenté contarlas; ¿estaban todas? Pensé en Cissil, en la hermana Ers y en Joem, a las que la llegada de los hombres había sorprendido en la Casa del Fuego sagrado, solas. Era difícil ver en la penumbra, cada vez que contaba llegaba a un resultado diferente. Entonces una de las novicias se movió y la luz roja de la vidriera iluminó sus rizos cobrizos: era Cissil. Había logrado escapar.

Al cabo de unos instantes pude distinguir a los hombres. Había dos junto a la puerta. Y tres en el estrado, jugando a los dados.

A los dados. En el Templo de la Rosa.

Era consciente de que los hombres habían profanado la isla al desembarcar, pero esto me afectó más que cualquier otra cosa. Hombres, en el Templo de la Rosa. La Diosa no había podido contenerlos.

La puerta del templo se abrió de golpe. Un hombre de pelo rubio y corto con una barba bien recortada irrumpió: el padre de Jai. Le seguían los individuos a los que le había visto dar órdenes, los que lo habían llamado hermano y tío. Todos llevaban brillantes dagas curvadas de plata al cinto. La del padre de Jai era la más lujosa, con gemas rojas en la empuñadura. Pasaron junto al grupo de mujeres y llegaron al estrado a grandes zancadas.

—¿Dónde está? —siseó el padre de Jai en una voz tan baja que resultó más amenazante que si hubiera gritado—. ¡Quiero hablar con quien esté al mando!

Alguien se movió en el grupo de mujeres. La Madre se dirigió a la escalera. El padre de Jai la señaló:

—Por última vez, ¿dónde está mi hija?

La Madre sostuvo su mirada sin responder. Maldiciendo, él bajó la escalera y le asestó tal golpe en la boca que le echó la cabeza hacia atrás. Ella no retrocedió ni un paso. Los tres hombres que jugaban a los dados se levantaron de un salto, como si temieran que ocurriera algo extraordinario. No pasó nada.

—¿Lo veis? —Se volvió hacia los jugadores—. Les tenéis miedo, pero en ellas no hay poder mágico alguno. La que azotó el barco fue una tormenta como cualquier otra, no un suceso extraordinario que estas provocaran. Son mujeres débiles y corrientes, igual que las que tenemos en casa.

Despacio, como si estuviera instruyendo a una clase de novatos, desenvainó su daga y presionó la punta contra el pecho de la Madre. Lo hizo como probando, como para medir cuánta fuerza se necesitaría para hendir el acero en la carne de la anciana mujer.

Su sobrino, que lucía un bigotito rubio, señaló con la mano hacia el exterior de la Abadía.

—Hemos registrado todos los edificios varias veces, tío Sarjan. —Su voz sonaba implorante—. No está aquí. Debe de haber huido antes de que llegáramos. Quizá en cuanto amainó la tormenta.

—Cierra el pico, Vinjan —bufó el padre de Jai—. Está aquí. Lo sé. Había alguien dentro de la biblioteca cerrada. Quiero saber adónde ha ido.

Se dio la vuelta y apuntó a su sobrino con la daga puntiaguda.

—A ti también te interesa encontrarla, ¿no te das cuenta? Con esta mancha en nuestra familia, nunca encontrarás a nadie que quiera desposar a su hija contigo. No tendrás trabajo, serás el hazmerreír de todo hombre decente.

Vinjan giró el rostro, pero me dio tiempo a ver que un gesto de desesperación se dibujaba en él.

Sarjan se dirigió hacia la Madre de nuevo:

—No abandonaremos vuestra isla hasta que la encuentre. A mí no me importa esperar. Pero —señaló con su daga a los tres jugadores de dados— a la tripulación sí.

Al ver que la Madre permanecía en silencio, se encogió de hombros.

—Peor para vosotras. De verdad que he tratado de ser un buen hombre y protegeros de estas bestias. Son mercenarios. Criminales de poca monta, marineros sin trabajo, forajidos que huyen de la ley. Quieren una compensación por sus esfuerzos. Están cansados de esperar.

Sarjan dio un paso atrás y señaló con la cabeza a sus hombres.

—Adelante. Haced lo que queráis con ellas. Pero aguardad a que salgamos. No quiero oírlo.

A un gesto de este, su hermano y su sobrino le siguieron escalera abajo. Vinjan andaba con paso rápido y la cabeza gacha.

Cuando cerraron la puerta a sus espaldas, en un primer momento los jugadores no se movieron, sino que se quedaron mirando con desconfianza a las hermanas y a las novicias mientras jugueteaban con sus armas. Las temían, a pesar de todo. Los marineros saben que una tormenta no se amaina tan de golpe como había ocurrido el día anterior. Y que tampoco se desata como por arte de magia.

Uno de ellos, sin embargo, reparó en Cissil, en su pelo cobrizo iluminado por un rayo de luz, en su piel blanca y tersa. Se acercó a ella y le agarró el brazo con una mano mientras blandía el cuchillo con la otra. Cissil trató de zafarse en vano. El hombre esbozó una amplia sonrisa:

—¡Servíos vosotros mismos!

Los otros dos bajaron como un resorte la escalera y se lanzaron hacia las mujeres, buscando una presa. Al otro lado de la puerta, se oyó a los dos guardias pelearse sobre quién de ellos tenía que quedarse en su puesto. No estaban del todo seguros de que las mujeres del convento no fueran capaces de oponer resistencia. Alguno escupió en el suelo y tocó el acero de su daga, como para protegerse de fuerzas malignas.

Cissil lanzó un alarido. Alguien se abalanzó sobre ella y la agarró del brazo libre: era Joem.

—¡No! —gritó. Oí su voz con toda claridad—: No, ella no...

En ese momento, supe que revelaría dónde estaba Jai. Yo quería chillar, correr hacia ella y detenerla. El corazón me latía tan rápido que se me nubló la vista. Joem se colocó ante Cissil. No podía verle la cara, pero aprecié que abrió los brazos para ocultar a Cissil de la mirada del hombre:

—¡Tómame a mí! —exclamó.

Él soltó una burda carcajada:

—¿A ti? ¿En lugar de a la pelirroja? ¿Estás loca o qué, zorra?

Intentó apartarla, pero ella, lejos de dejarse empujar a un lado, le dio una patada. Con fuerza. En la parte más delicada de un hombre. Este se dobló hacia delante, pero solo por un momento. Segundos después, levantó el puño y con un espantoso bramido golpeó el rostro de Joem, que se desplomó a sus pies. Agarró entonces a Cissil del pelo con una mano mientras con la otra alzó su cuchillo. Alrededor del templo brillaban más puñales desnudos. Aquella no era una resistencia que los hombres temieran, no había vientos sobrenaturales ni una quietud inexplicable en el aire. Era una resistencia que conocían, de la que incluso disfrutaban. Se relamían al olfatear la sangre.

—¡Esperad! —gritó una voz que, aunque clara, logró colarse entre el estruendo.

Por los escalones que llevaban al estrado subía la Rosa como una exhalación. Se quitó el camisón y se quedó allí completamente desnuda, bañada por los primeros rayos del sol matutino que entraban con un destello rojo sangre por los mosaicos de las ventanas. El cabello le caía por la espalda en una cascada de rizos brillantes, sus pechos lucían carnosos y su piel suave y lozana. Era tan hermosa que nadie en el templo podía apartar los ojos de ella. Vi lo que los hombres no podían ver: ya no era la Sierva de la Rosa. Era la Diosa misma, la que conoce todos los secretos del cuerpo femenino, cuyo resplandor somete bajo su poder a todo el que la contempla.

—Soy la sacerdotisa de este templo. La Sierva de la Doncella. Incluso vosotros sabéis lo que eso significa, ¿verdad? —Extendió los brazos con una sonrisa tan bella, convincente y poderosa que los ojos me ardieron—. Conmigo no habréis de luchar. No habréis de exponeros a recibir arañazos. No habréis de aguantar llantos ni peleas. Y conozco mi arte. Puedo haceros gozar más de lo que nunca hayáis imaginado. Ni en vuestros mejores sueños.

La voz de la Rosa ya no era la suya, tenía un timbre profundo y sonoro, en el que reconocí inflexiones de la Anciana. La Doncella y la Anciana, el principio y el fin. Señaló al hombre que aún sujetaba con mano de hierro a Cissil.

—Tú serás el primero. Sígueme.

No había forma de que un hombre al que ella hablara de esa forma desobedeciera. Cuando se dio la vuelta para cruzar las puertas de palisandro, el hombre siguió sus turgentes carnes con la mirada. Soltó entonces a Cissil y subió al estrado en unos pocos brincos.

—Borte, vigila la puerta. No quiero que me molesten. —Su voz sonaba embriagada de la belleza de la Diosa—. Tú vas detrás. Ten paciencia. Alguien debe controlar a esta chusma. No son de fiar.

—Es lo más hermoso que he visto en la vida —murmuró Borte, cruzándose de brazos—. Procura no destrozarla, que nos quede algo a los demás.

La puerta se cerró a sus espaldas.

Llegaron ruidos de la sala del altar. Ruidos que yo no quería oír.

La Madre levantó los brazos.

—¡Cantad el «Himno de la Rosa»! ¡Cantad!

Ella empezó a entonar el cántico. Y todas las demás mujeres y muchachas la siguieron de inmediato, cantaron en alabanza a la Doncella y a la Rosa, cantaron a su sabiduría y a su belleza. Aunque los hombres intentaron hacerlas callar, se vieron impotentes ante aquel magnífico coro.

Acurrucada en el vano de la ventana, yo hundía el rostro entre los brazos. No me hacía falta mirar para saber lo que pasaba allí dentro. El cántico lo decía todo. Ya había llegado la mañana y era hora de volver con Jai y las niñas, como había prometido. Pero no podía salir del templo mientras los hombres, uno tras otro, estuvieran entrando en la sala del altar. Oí que la puerta de entrada se abría y cerraba varias veces. También les había llegado el turno a los hombres que montaban guardia en el patio. Marcharme en esos momentos sería como traicionar a la Rosa.

La mañana ya estaba avanzada cuando cesó el canto. Me incorporé y me llevé las manos encima de los ojos a modo de visera. El hombre sin dedos, el que había arrojado piedras a Pájaro, estaba sentado en la escalera de mármol mirando su daga. La hoja ya no brillaba, el filo estaba manchado de algo oscuro. No se molestó en limpiarla; se limitaba a estudiarla con atención, satisfecho. Se deleitaba con la visión de la sangre.

Ya no llegaba ningún ruido de la sala del altar. El templo volvía a estar en silencio. Ahora sí que debía volver con Jai. Me levanté dispuesta a marchar, pero un estruendo me hizo volverme de nuevo hacia la ventana.

Sarjan estaba en el umbral. Le seguían Okret y Vinjan.

—Se me ha acabado la paciencia —declaró, aunque su voz sonaba muy tranquila—. Mujer, ven aquí.

La Madre se acercó a él. Sarjan entró en el templo, seguido de aún más mercenarios. En el templo había unos quince hombres en total.

La luz matutina que entraba por la puerta iluminaba la figura erguida y el pelo plateado de la Madre. Contemplé su perfil: el resplandor del sol lo dibujaba con total nitidez. Sarjan sacó su daga y la levantó, haciéndola brillar al sol. Le dio la vuelta, examinó la hoja con detenimiento y habló dirigiéndose no a la Madre, sino a su arma:

—Hemos registrado todas las casas de esta condenada isla. Hemos descubierto incluso vuestra otra abadía en el valle, pero lo único que hemos encontrado allí han sido dos viejas asustadas. Mi hija no está en ninguna parte.

Sarjan frotó una mancha invisible de la hoja con la manga y luego se guardó la daga en el cinturón. Le hizo un chasquido al hombre sin dedos, quien se levantó y se colocó junto a la Madre, enarbolando aún el puñal manchado.

—Dame tu daga.

El hombre sin dedos dudó un momento, pero luego le tendió el arma.

—Los hombres han tenido una pequeña recompensa, pero no permanecerán tranquilos mucho tiempo, como comprenderás.

Se volvió hacia la Madre y le puso la daga ante la barbilla.

—Así que, por última vez: ¿dónde está la ramera? ¿Dónde está la ingrata de mi hija que huyó de su casa y trajo la vergüenza y el deshonor a su familia?

—No hay ninguna hija tuya aquí —replicó la Madre levantando la barbilla como para ir al encuentro de la punta del cuchillo.

Sarjan meneó la cabeza.

—Vaya, eso no es lo que quería oír. Pero sé que la respuesta que busco está ahí, en tu asquerosa boca de vieja. —Con la mano izquierda agarró la mandíbula de la Madre y la apretó hasta hacerle abrir la boca—. Basta con desenterrarla.

Metió entonces el filo dentado de la daga en la boca de la Madre e hizo un leve movimiento.

Un fino hilo de sangre corrió por la barbilla de la venerable mujer. Me llevé la mano a la boca para no gritar. La Madre permaneció inmóvil.

—Solo tengo que encontrarla —dijo Sarjan pensativo—. ¿Dónde está la respuesta que quiero?

Volvió a mover la daga y un nuevo hilo corrió por la otra comisura de la Madre. Él sacó la daga y miró el filo ensangrentado con satisfacción antes de soltarle la barbilla.

—¿Y bien?

—La Primera Madre la esconde en su vientre.

La voz de la Madre era pastosa, tuvo que tragar saliva varias veces, pero no le tembló. Le acababa de decir la verdad, una verdad que él no podía entender. Extendió las manos a los hombres que se hallaban detrás de Sarjan, formando un estrecho muro a sus espaldas, con rostros inexpresivos.

—Escuchad mis palabras —les dijo la Madre—. Mientras permanezcáis en la isla, correréis un gran peligro. ¿Recordáis la quietud del viento? ¿Recordáis la tormenta? Marchaos ahora, de inmediato, y podréis escapar con vida.

Más sangre, mezclada con saliva, corría por su barbilla mientras hablaba. Sarjan maldijo y le dio una bofetada en la boca. Varios de sus secuaces se revolvieron inquietos.

—Ya hemos estado aquí suficiente tiempo —masculló el hombre sin dedos—. Queremos nuestra paga y zarpar a casa ya.

Sarjan se volvió y sacudió los brazos con gesto despectivo:

—¿No os he dicho que podíais saquear lo que quisierais?

—Pero es que aquí apenas hay nada de valor —gruñó irritado el hombre sin dedos—. Aparte de algunos objetos de oro y plata en el templo, solo hemos encontrado ropa de cama, libros, comida y algunos animales.

Sarjan se encogió de hombros.

—Vosotros aceptasteis el trato. Que no haya nada que saquear no es culpa mía.

Se oyó un murmullo contrariado entre los hombres. Raspaban el suelo con los pies, apretaban los puños, sus semblantes se oscurecieron y agachaban la cabeza llenos de rabia. De súbito, y al mismo tiempo que Sarjan, caí en la cuenta de algo: él y los suyos, con sus elegantes ropajes y sus ostentosas armas, no eran más que tres. Los mercenarios, en cambio, con sus armas ramplonas pero curtidos en mil batallas, los superaban con creces en número. Y la Madre los estaba poniendo en su contra. Solo había una cosa que pudiera hacerlos retroceder.

Sujetó la daga con ambas manos.

—Ya has esparcido suficiente veneno —continuó Sarjan, pero esta vez su tono tranquilo era forzado.

Tenía la frente brillante por el sudor. Levantó el arma y la apuntó directamente al corazón de la Madre con manos temblorosas. Esta levantó la barbilla para encontrarse con sus ojos. Se veía a la legua que él tenía miedo de matar. Miedo de matar a alguien que le sostenía la mirada. Pero no era la primera vez que lo hacía.

Detrás de la Madre, vi que una puerta se recortaba con claridad. La alta y estrecha puerta plateada de la Anciana.

Grité. Nadie reparó en mi grito, pues al mismo tiempo se oyó otra voz. Una figura vestida de blanco estaba de pie en la puerta abierta del templo, iluminada desde atrás, con el cabello rubio ondeando como una nube de estrellas centelleantes a su alrededor.

—Aquí estoy, padre.

Mujeres y hombres se volvieron hacia la puerta. La Madre dio un paso adelante y levantó las manos:

—¡Jai, no! —Por primera vez había terror en su voz.

Jai no la miró. Permaneció con la vista clavada en su padre. Como si no hubiera nadie más.

Sarjan empuñó su daga hacia Jai.

—¡Puta!

Jai se quedó quieta con los brazos caídos, sin decir nada más. Sarjan devolvió la daga manchada de sangre al hombre sin dedos.

—Yo la llevo al barco. Coged lo que queráis. Zarparemos al mediodía. Okret, Vinjan, vigilad a estas.

Agarró con fuerza el brazo de Jai y la arrastró hacia el patio. El hombre sin dedos, que debía de ser el capitán del barco, miró a su alrededor.

—Ya lo habéis oído. Agarrad todo lo que podáis. No estoy seguro de que nos vayan a pagar de otra forma.

Okret, el hermano de Sarjan, murmuró algo. El sin dedos lo ignoró. Eso es lo último que vi. Bajé de la ventana de un salto y eché a correr. Se dirigían al Portón de las Cabras. Debía darme prisa, no sabía qué podía hacer, pero no tenía tiempo para reflexionar, ya me había demorado demasiado, era culpa mía que Jai se hubiera rendido.

Rodeé el Templo de la Rosa, salté al tejado de la Casa de las Novicias, subí a la cumbrera y bajé a toda prisa por el otro lado. Había una buena caída al patio, pero no me detuve, no me di la oportunidad de dudar. El impacto contra los adoquines del patio me dejó sin aliento. Rodé por el suelo y luego me quedé inmóvil, jadeando.

«Maresi —susurró la Anciana desde las sombras—. Maresi…».

Su voz me espoleó, tenía que llegar antes de que fuera demasiado tarde. Me levanté, las piernas aún eran capaces de sostenerme. Corrí como alma que lleva el diablo. Subí los Escalones del Alba. No había nadie. El Portón de las Cabras estaba abierto. Me apresuré a cruzarlo.

Allí estaban, andando por el sendero frente a mí, a pocos metros de distancia, cerca del murete que llega a la altura de la cadera y protege a los caminantes de caer por el escarpado acantilado sobre el que se asienta la Abadía. Jai iba delante, vulnerable, indefensa. Tras ella, su padre escupía un torrente ininterrumpido de palabras inconexas que me llegaban mezcladas con mis propios jadeos y los pesados latidos de mi corazón.

«Vergüenza. Desafiarme. Qué te creías. Como tu hermana. La puta. Unai».

Jai se paró en seco. Él levantó la mano y le asestó un fuerte golpe en el cuello. Lancé un grito. Sarjan giró en redondo. Jai quedó a sus espaldas. Un movimiento rápido, unos brazos curtidos en el duro trabajo monástico. Un empujón, solo uno bien dirigido. La cara perpleja de Sarjan al precipitarse al vacío por encima del muro, justo donde este había sido destrozado por las rocas que cayeron durante la tormenta que invocamos. Me incliné hacia delante, lo vi caer, rebotando contra la pared del acantilado, una, dos y varias veces. El cuerpo aterrizó en las rocas al fondo, aunque apenas vislumbré nada de él. Tan solo unos jirones de brillante seda negra.

Jai no miraba hacia abajo; se miró las manos, con atención. Desconcertada. Luego asimilando poco a poco lo que había pasado. Las estiró hacia delante, sujetándolas como si quisiera mantenerlas alejadas lo máximo posible del cuerpo. Estaba a punto de acercarme a ella para tranquilizarla y consolarla, cuando en ese preciso instante alguien me apartó y pasó corriendo a mi lado.

Era Vinjan.

Se inclinó sobre el muro, vio a su tío. Miró a Jai. Ella le devolvió la mirada con los ojos abiertos como platos y las manos aún extendidas delante de ella.

Vinjan no se movió. Ni él ni Jai parecían reparar en mi presencia. Me preparé para abalanzarme sobre Vinjan por detrás si intentaba hacer daño a Jai.

—Me llevo a mi padre conmigo —dijo despacio—. Diré que fue una pelea. Que os caísteis a las rocas. Los dos.

Jai no dijo nada.

—Padre solo quiere salir de aquí. No va a bajar a comprobarlo.

—¿Madre está viva? —Las manos de Jai temblaban, ahora sí.

—Sí —asintió Vinjan—. Tu padre quería... quería que ella fuera testigo. De tu penitencia.

Jai bajó las manos y una sonrisa se dibujó en su rostro, una sonrisa que la transformó; ya no parecía la Jai que yo había conocido. Sus ojos brillaban desorbitados de alegría.

—Entonces ahora es libre. Por fin es libre.

—Yo la ayudaré si puedo.

—Dile que estoy bien. Que he encontrado mi lugar. ¿Lo prometes?

Vinjan asintió de nuevo.

—¿Por qué? —Todavía con los mismos ojos confundidos fijos en su rostro, Jai le instó a responder—. ¿Por qué no me apresas tú? Tienes armas. ¿Por qué me ayudas?

Los hombros de Vinjan se tensaron. Su voz era tan baja que apenas oí su respuesta:

—Tengo un secreto. Un secreto por el que mi padre estaría dispuesto a matarme. Desde que llegamos a esta isla, no he dejado de pensar que la próxima vez podría ser mi turno.

—Nos figurábamos ese secreto —replicó Jai en voz baja; al ver el aspaviento de él, negó con la cabeza—: No, solo las mujeres de la familia, tranquilo. Y no hemos dicho nada. Nos dimos cuenta de que no mirabas a las mujeres como lo hacen los demás hombres.

La enorme alegría se desvaneció de su rostro y fue reemplazada por una mueca triste.

—Quizá lo mejor para ti sea también abandonar nuestro hogar. Nuestro país. Marcharte a un lugar más seguro.

Entonces se oyó un alarido en la Abadía. Un grito triunfal.

—¡Hemos encontrado la cámara del tesoro! Hay una puerta secreta en la casa donde guardan los libros. ¡Deprisa, necesitamos luz!

La cripta. Habían encontrado la cripta.

Abandoné el sendero y eché a correr. No volví la cabeza para comprobar si alguien me seguía. Me precipité sin pensar por la ladera de la montaña, levantando una polvareda de grava y guijarros a mi paso. Hacía tanto ruido como una manada de caballos desbocados. Pero no me importaba. Las había dejado solas. Jai las había dejado solas. Las pequeñas novicias estaban desamparadas, a merced de los hombres.

No me es fácil narrar lo que pasó después. Mi memoria es borrosa y lo que recuerdo cuesta traducirlo a palabras. Lo haré lo mejor que pueda. La hermana O me ha dicho que eso es todo lo que puedo hacer. Pero todavía ahora, mientras escribo, mi mano tiembla al revivir el pánico. Espero que a pesar de ello mis palabras sean legibles.

Encontré el hoyo en la ladera de la montaña y la escalera que Jai construyó con trozos de madera para salir. Al bajar, me envolvieron unas tinieblas implacables y en cada sombra susurraba la Anciana.

«Maresi… Dame lo que es mío».

Apoyándome con una mano en la pared de roca, corrí, tropecé, me caí, me levanté y eché a correr de nuevo. Mis pies descalzos se rasgaban con las rocas y los cantos afilados. A lo lejos oía voces, estruendosas voces masculinas, y me daba la sensación de que jamás iba a llegar. El camino no terminaba nunca, mi respiración resonaba en la oscuridad. No oía a las niñas.

La puerta de madera finalmente se alzó frente a mí. Detrás de ella revoloteaban destellos de luz. Me detuve. Apoyé mi cuerpo tembloroso contra las tablas carcomidas, intentando calmar mi respiración. El terror ante lo que podía encontrarme me atenazaba.

Junto a la puerta de madera estaba la lámpara de aceite que les había dejado a las pequeñas. Se había apagado. No había niñas durmiendo a su alrededor. No se las veía por ninguna parte. La cripta estaba llena de hombres. Parecía como si se hubieran reunido todos allí, toda la tripulación del barco. Muchos de ellos llevaban lámparas y antorchas. Se movían, la luz parpadeante se reflejaba en las dagas y en los cuchillos. Las manos tatuadas revolvían los huesos de las muertas, buscando plata, buscando oro. En el medio, el único que permanecía inmóvil era el capitán sin dedos. Su cabeza afeitada giraba de un lado a otro, siguiendo cada movimiento de los otros hombres. Sus fosas nasales se ensanchaban en resoplidos furiosos. Como un animal intentando oler la sangre de su presa. Tenía una mano apoyada en la larga daga dentada que llevaba al cinto. Yo no podía apartar los ojos de su filo, completamente ensangrentado. Con la sangre de la Rosa. Con la sangre de la Madre.

«Maresi...», susurró la Anciana.

—Esto no es una cámara del tesoro —dijo el hombre sin dedos, escupiendo en el suelo, el suelo sagrado de la cripta—. ¡No son más que tumbas! ¿Nos has hecho venir aquí por un puñado de huesos?

Un hombre bajo y fornido con dos dagas al cinto dejó de rebuscar en uno de los nichos y se cruzó de brazos.

—¡Todo el mundo hace ofrendas a sus muertos! ¿Cómo iba a saber yo que las mujerzuelas estas no las hacen?

El hombre sin dedos se acarició el cuero cabelludo afeitado y volvió a girar la cabeza. Tras los labios cerrados, la punta de la lengua seguía recorriendo sus dientes. La luz de las antorchas iluminaba su barba rubia. De pronto, deteniendo el movimiento de la lengua, le arrebató una antorcha al hombre más cercano y la levantó, arrojando luz sobre uno de los nichos. Una de las comisuras de los labios se le torció en una sonrisa grotesca.

—Puede que aquí haya un pequeño tesoro, después de todo —mascculló mientras introducía su larga daga en el hueco.

—¡Marchaos! —gritó una vocecita. Era la de Heo.

No se oyeron ni gritos ni llantos. Solo esta breve exhortación:

—¡Marchaos!

Mis pequeñas valientes. Ellas solas habían oído llegar a los hombres y habían hecho lo único que estaba en sus manos: buscar refugio. Si yo hubiera estado allí, podría haberlas sacado. Ahora estaban atrapadas como ratones en una trampa. Apoyándome en la puerta, veía con claridad todo lo que ocurría a pesar del humo de las antorchas y las lámparas, pero mis miembros se hallaban paralizados. Todo era culpa mía. Había fallado en lo único que la Madre me había pedido que hiciera. El corazón se me ralentizó, como si quisiera pararse a causa de la vergüenza y el miedo.

—Por estas seguro que nos ofrecen un buen precio. A las mayores no las quiere nadie, pero las pequeñas están muy cotizadas, son fáciles de adiestrar en las casas de placer. Conozco a muchos mercaderes que nos comprarían todo el lote de buena gana.

El hombre sin dedos chasqueó la lengua y hurgó con la daga en el nicho.

—Puedo empezar a entrenarlas yo mismo, durante la travesía. Las canijas como estas son mucho más dóciles. Más tiernas.

—¡Marchaos! —exclamó Heo de nuevo—. La Diosa os castigará. ¿No sentís su presencia?

Los hombres estallaron en carcajadas. Pero yo sí la sentía. La Anciana emitía un jadeo tan agitado desde los nichos y rincones que me parecía imposible que los hombres no la oyeran. «Maresi… —susurraba—. Mi hambre». Me llevé la mano a la boca para no gritar.

El hombre sin dedos dejó su antorcha, introdujo una mano tosca en el nicho y sacó a Heo a rastras. La colocó de pie frente a él, agarrándole con fuerza su delgado bracito. Aprecié su delicado cuello, sus pies diminutos. La mano áspera del hombre la apretaba entre las piernas.

Entonces me obligué a salir de mi parálisis. ¡Qué difícil me fue, oh, Diosa! Era presa de un pánico tan grande como la vergüenza que me invade ahora al escribir estas líneas. Ni siquiera al ver a Heo en peligro fui capaz de acudir de inmediato en su ayuda. Todo ocurrió muy despacio, me agaché y me metí por el agujero de la puerta. Me levanté sobre unas piernas que apenas me sostenían. Sin saber por qué, aún mantenía la mano apretada contra la boca. En ese momento Heo sí gritaba, pero mis pasos me llevaban a través de la cripta como si caminara sobre barro espeso. Los cuchillos afilados de los hombres me infundían un terror indescriptible. En cuanto repararon en mi presencia, volvieron esas armas hacia mí, abrieron sus oscuras fauces y aullaron. Entonces la vi: la puerta plateada. La puerta de la Anciana. Se alzaba en el muro de piedra a mi derecha, como si siempre hubiera estado allí. Era tan real y clara como cualquier otra puerta de la isla. Desgastada en sus cantos. Un pomo bruñido por el tiempo. Una puerta que dividía el mundo en interior y exterior, como todas las puertas. Todavía cerrada. Todavía separando el hambre y los dominios de la Anciana de los nuestros.

«Maresi...», susurró mientras me acercaba al hombre sin dedos. «Maresi...», siguió murmurando mientras este apartaba a Heo y hundía la daga en mi vientre. Mi sangre se mezcló en la hoja del cuchillo con la de la Rosa y la Madre, con la sangre de los dos primeros rostros de la Diosa; ellas eran el principio y yo el final. La voz de la Anciana se hizo más fuerte, me ensordeció hasta que apenas pude oír los gritos de Heo. Me derrumbé entonces, caí sobre las sombras de la Anciana, que me susurró su verdadero nombre mientras yo me arrastraba hacia la puerta. El húmedo suelo de piedra me hizo resbalar y reptar como una lombriz. Las manos se me tiñeron del rojo de mi propia sangre. Las sombras de la Anciana me acariciaban y tiraban de mí. Busqué el picaporte, no pude alcanzarlo. Tenía que levantarme. Me apoyé en la pared, apretándome la herida con la otra mano. «Dame lo que es mío», siseó la Diosa de las Tinieblas y el Dolor, y yo la obedecí. Abrí su puerta.

La oscuridad al otro lado del umbral era más honda que nada en este mundo, su despiadada negrura me cegó. Caí de rodillas, con la boca llena de sangre, privada del sentido de la vista. Mi oído permanecía, sin embargo, intacto.

El poder de la Anciana manó a través de la puerta y tomó como ofrendas sacrificiales a aquellos que habían osado entrar en su cripta. Uno a uno fueron arrojados al suelo de piedra como muñecos de trapo. Oí sus alaridos, sus lamentos, el crujir de sus huesos. Pues ahora eran ellos quienes gritaban de horror al comprender que se enfrentaban a la muerte. Su terror llenaba toda la cripta. El aire se agrió con el hedor a intestinos y heces. Las llamas de las antorchas chisporrotearon al apagarse en el suelo húmedo y ensangrentado. La Anciana los aplastó a todos como a las alimañas que eran.

Dejé que mi propia sangre fluyera entre mis dedos hasta el suelo, frente a la puerta, y entendí entonces que era mi sangre la que la mantenía abierta. Luché contra la pérdida del conocimiento y el dolor que amenazaban con sumirme en la oscuridad. Tenía que hacer ese último esfuerzo por mis hermanas pequeñas. Por la Anciana.

Esta abrió las fauces y sentí su aliento acre en la mejilla. Respiró hondo y luego succionó a los hombres, uno tras otro. Ellos, aún con vida, chillaron mientras eran arrastrados por el suelo de piedra. Los quería enteros, vivos, quería sus cuerpos y sus almas. No había de quedar resto alguno que enterrar. Era la aniquilación definitiva. Percibí el hedor de las bestias, su olor a sudor, acero y sangre. Algunos trataban a tientas de agarrarse a mí, en un desesperado intento de evitar que sus cuerpos mutilados fueran engullidos a través de la puerta, pero el poder de la Anciana era mayor que el de sus dedos viriles. Una vez cruzado el umbral, una vez se toparon con el silencio del más allá, sus gritos cesaron de manera abrupta.

No me dejé caer al suelo hasta que la cripta quedó en completo silencio. Ya estaba hecho. Ya solo quedábamos la Anciana y yo. Era mi turno.

«Maresi. Me perteneces. ¿Te das cuenta ahora?».

No pude responder, la voz me había abandonado. Me encontraba en el umbral de su reino y sabía que lo que decía era cierto. Por eso yo no tenía casa propia. Ella se había fijado en mí y me había elegido ya durante el Invierno del Hambre.

«Ven a mí ahora y cesará tu sufrimiento —dijo en un tierno tono maternal. Porque la Anciana, la Madre y la Doncella son una sola, son los distintos rostros de la Diosa—. Ven aquí, donde todo empieza y acaba, donde todo muere y vuelve a nacer. Para ti el conocimiento es lo más preciado. Aquí reside el conocimiento definitivo. Todo lo que siempre has anhelado. Ven a mí».

Aunque ella tenía el poder de mandar sobre mí, sus palabras no eran una orden, sino un ruego.

Una mano agarró la mía. Me aferré a ella mientras me hundía en las tinieblas.

A menudo tengo la sensación de haber tomado el camino de los cobardes. Se me antoja que lo valiente, lo correcto, habría sido cruzar la puerta y comprobar qué había al otro lado. La Anciana me ofrecía la llave a unos conocimientos que no habría podido imaginar ni en mis mejores sueños. Conocimientos a los que nunca tendré acceso en esta vida. Siento una curiosidad enorme hacia ellos. Incluso más: algunas noches, pensar en ese tesoro de sabiduría me impide dormir y el anhelo por él me causa un dolor casi físico. Pero me faltó el valor. Quiero quedarme aquí, en este mundo, tanto tiempo como me sea posible. Quiero vivir entre libros, cabras, viento y pan nadum. Quiero crecer y ver lo que la vida tiene que ofrecerme y lo que yo puedo darle al mundo.

Lo primero que vi al despertar fue a Jai. Su rostro pálido y enmarcado por su cabello dorado. Las sombras que circundaban sus ojos estaban más marcadas que nunca, mientras que en los míos permanecían otras que me entorpecían la visión. Sentía el cuerpo entumecido, como si no quisiera despertarse a la par que yo. La sequedad en la boca me impidió pronunciar palabra.

—Alabada sea la Madre —susurró Jai—. Sigues entre nosotras. Toma, mójate los labios. No debes beber nada todavía.

Me acercó un vaso de agua fresca a la boca. Me costó refrenarme para no bebérmelo de un trago, pero lo hice; me humedecí los labios y la lengua, disfrutando del alivio que eso me proporcionaba.

—Voy a buscar a la hermana Nar. —Se levantó.

—Espera. —Aunque mi voz era tan débil que ni yo misma podía casi oírla, hizo que Jai se detuviera—. Primero cuéntame qué ha pasado.

Jai esbozó una de sus escasas sonrisas.

—Aquí está la señal de que vas a ponerte bien: ya empiezas a hacer preguntas.

Me ajustó la manta sobre el pecho, si bien yo apenas lo sentí de lo distante que parecía mi propio cuerpo. Al ver la inquietud en mi rostro, la sonrisa de Jai desapareció.

—La hermana Nar te ha dado unas hierbas medicinales muy potentes para anestesiarte y quitarte el dolor mientras tu cuerpo se cura. Estás herida de gravedad, fue una cuchillada muy profunda en el vientre. Has tenido fiebre. —Jugueteó con algo que había en la mesilla de noche—. Hemos estado... Creíamos que nos ibas a dejar.

Quise preguntar cuánto tiempo llevaba allí tumbada, pero eran demasiadas palabras para que mi boca las articulase. Jai, sin embargo, leyó la pregunta en mis ojos:

—Llevas aquí tres días, en la habitación de la hermana Nar. Y dice que te vas a quedar mucho más.

Algo se movió debajo de mi cama. Una cabecita negra se asomó al borde y me miró con ojos afilados:

—¡Maresi! ¡Estás despierta!

—Chis, no tan alto. Maresi quiere que le aclaremos algunas cosas antes de que llegue la hermana

Nar. —Jai se volvió hacia mí—. Heo ha estado durmiendo a los pies de tu cama todo el tiempo.

—No podía dejarte abandonada —dijo Heo agarrándome de la mano.

Cerré los ojos. Yo sí que la había dejado abandonada. Ella se apresuró a retirar la mano:

—¿Te he hecho daño?

Me forcé a sonreír.

—No, qué va. Hazlo otra vez. Por favor.

Heo sonrió aliviada y volvió a agarrarme, con suma delicadeza. Reconocí esos dedos que envolvían los míos:

—Fuiste tú. —Las palabras me salían con dificultad—. En la cripta.

Heo asintió con gravedad.

—Sí. Cuando aquel hombre te apuñaló, se produjo una gran oscuridad. Las chicas se escondieron en los nichos, los hombres gritaban sin parar y era horrible. Estabas en el suelo y había mucha sangre, Maresi. Tenía mucho miedo. Te cogí de la mano porque temía que murieras.

—Me salvaste —le dije—. Me retuviste aquí, en esta vida.

Sin decir nada, ella me apretó la mano. Creo que ya lo sabía. Creo que esa pequeña sabe mucho más de lo que nos imaginamos, entre su cháchara infantil.

Me volví hacia Jai. La pregunta que iba a formular a continuación era la más difícil de todas:

—¿Las demás…? ¿Están…?

—Sí. Todas las nuestras están vivas, Maresi. Incluso la Rosa, aunque resultó herida. Solo tres de los hombres no bajaron a la cripta, sino que se quedaron vigilando a las puertas del templo. Cuando oyeron los gritos y vieron que los otros no regresaban, mi tío y Vinjan los condujeron a toda prisa al barco y zarparon poco después. Yo fui a liberar a las hermanas y a las novicias.

—Y entonces bajaron a la cripta —continuó Heo—. Y nos recogieron a Ismi y a las demás. La hermana Nar te vendó la herida y te trajimos aquí.

—Heo, lo siento. Nunca debí…

—Cállate, Maresi. —La voz de Heo sonaba severa, casi como la de la hermana O—. Hiciste lo correcto. En todo momento hiciste lo que creías que era mejor para todas.

—No se puede decir lo mismo de mí —terció Jai con amargura—. Debería haberme entregado de inmediato. Haberos ahorrado todo esto.

—Entonces quizá ahora mismo estarías navegando rumbo al norte —repuso Heo.

Crucé una mirada con Jai. Ella asintió.

—Sí, se lo he contado. La muerte de mi padre. No puedo cargar con la responsabilidad de ese acto yo sola.

—Nadie la culpa de nada —se apresuró a decir Heo—. La Madre dice que ella habría hecho lo mismo si hubiera tenido la ocasión.

Quise preguntar más, pero la anestesia empezaba a desvanecerse. Mi cuerpo revivía y con ello llegó el dolor, un sufrimiento indescriptible que me robó todas las palabras. Jai palideció al verme y corrió a buscar a la hermana Nar, quien pronto acudió con sus apósitos y sus decocciones para sumirme de nuevo en un sopor profundo sin sueños.

Poco a poco fui recuperando las fuerzas. Empecé a poder beber, más tarde a comer y a recibir visitas. Primero vinieron a verme mis amigas más cercanas: Ennike, Dorje, Toulan y Cissil. Me alegré incluso de ver a Joem. Me entretenían con historias y chistes, que hacían que me doliera la cicatriz cuando intentaba no reírme. También tuve tiempo para mí. Tiempo para tumbarme en la cama y reflexionar. Había mucho en que pensar. En mi cabeza empezó a forjarse una decisión a la que no quería enfrentarme. Sabía que era la correcta. Pero no sabía si iba a tener el valor de tomarla. Muchas noches, cuando el dolor no me dejaba dormir, luchaba con mi conciencia mientras la luna me observaba a través de la ventana.

La hermana Nar no me quitaba ojo. En algún momento, debió de llegar a la conclusión de que mi salud ya había mejorado lo suficiente, porque, cuando me desperté una mañana, me encontré a la Madre junto a mi cama. Tras ella estaba la hermana O, con la espalda erguida y una expresión indescifrable en el rostro. Yo habría querido que se sentara al borde del lecho para acariciarme el pelo, pero se mantuvo detrás de la Madre.

—Maresi, la hermana Nar dice que ya te encuentras mejor —comentó esta última.

Intenté incorporarme.

—Sí, mucho mejor. Ya no necesito hierbas para calmar el dolor y puedo tomar alimentos líquidos.

—Quédate tumbada. —Acercó una silla a mi cama y se sentó—. ¿Puedes contarme qué pasó en la cripta?

—La Anciana estaba allí. —Hice una pausa, no sabía bien por dónde empezar; ella me alentó a proseguir con un gesto—. Vi su puerta durante la Danza Lunar. Me llamó. Reconocí su puerta, la había visto en casa cuando murió mi hermana pequeña. El Invierno del Hambre. Me asusté. Pensé que me quería llevar con ella.

Negué con la cabeza.

—Malinterpreté su aparición. Desde aquel momento viví con miedo, oía su voz en todas partes y temía que viniera a por mí. Cuando llegaron los hombres, vi su puerta de nuevo. Estaba aquí, en la isla, esperando. Pensé que auguraba mi muerte.

Miré hacia la hermana O para buscar consuelo en ella, pero tenía la vista clavada en mí y los labios apretados. Aparté la mirada.

—Cuando oí a los hombres gritar que habían encontrado la cripta, pensé en las pequeñas, ahí solas. Corrí hacia allí por el pasadizo que la propia Anciana me había mostrado. Y me topé con su puerta. Supe entonces que tenía que abrirla para saciar su hambre. Ella me había elegido, no para morir, sino para abrir las puertas de su reino.

—¿Ella te llamó? —La pregunta vino de la hermana O—. ¿Te ordenó que siguieras a los hombres y cruzaras el umbral?

Negué de nuevo.

—No, no me lo ordenó. Me pidió que fuera con ella, pero no me lo ordenó.

La Madre se giró e intercambió una mirada con la hermana O antes de volver a dirigirse a mí:

—Maresi, llevas mucho tiempo en la Abadía, pese a lo cual aún no tienes casa. Me preguntaba por qué nadie te había reclamado. Pero ahora veo que has recibido tu llamada.

Se inclinó hacia delante. Supe lo que venía a continuación. Iba a pedirme otra vez que me convirtiera en su novicia. Yo tenía clara mi respuesta, pero ¿cómo pronunciarla?

—La Anciana tiene vastos conocimientos —continuó—. Algunos de ellos pueden verse desde fuera, pero también hay mucho saber oculto para la mayoría. Por eso sus siervas trabajan también en secreto.

Se volvió hacia la hermana O. Al instante até cabos. La serpiente en la puerta de la hermana O. Su afinidad por los libros, el conocimiento, todo lo relacionado con la Anciana. Me contempló sin decir nada. Fue Madre quien continuó:

—«Hermana O» no es un nombre. Es un título, al igual que el de Sierva de la Rosa, que se transmite de hermana a novicia. La O es el círculo eterno, la serpiente que se muerde la cola.

La Madre dibujó una circunferencia en el aire con un dedo y casi pude ver la serpiente frente a mí, con sus brillantes ojos negros y la cola en la boca.

—La hermana O sirve a los secretos de la Anciana, los cuales ella misma te ha revelado.

El corazón me empezó a latir cada vez más rápido.

—Maresi. —La voz de la hermana O era más seca que nunca, grave y áspera. Muy semejante a la voz de la Anciana—. Mi señora te ha llamado. No te ha dado órdenes, sino que te lo ha pedido. Ahora hago yo lo mismo. ¿Quieres ser mi novicia?

Estallé en sollozos. Lloré tanto que el cuerpo empezó a dolerme de nuevo, tanto que las lágrimas y los mocos me impidieron respirar. La Madre permanecía sentada en su silla, sin saber qué hacer, pero la hermana O se acercó en unos pocos pasos y se sentó en mi cama, me abrazó y me acarició el pelo:

—Vamos, pequeña. No te angusties. Dime qué es lo que te acongoja, Maresi, vida mía.

Cuando por fin logré articular palabra, todo lo que salió de mi boca me resultó más doloroso que cualquier puñalada. Me abracé a la hermana O y murmuré en su pecho:

—No hay nada que desee más, hermana. Es como un sueño que ni siquiera me atrevía a imaginar. Ser tu novicia y aprender todo lo que tú sabes, y quedarme en la Cámara del Tesoro a leer todo lo que quiera…

La hermana O rio con suavidad y me dio un pequeño achuchón.

—Pero —continué— me veo obligada… a decir que no. Tengo que…

Las palabras se resistían a salir y tuve que forzarlas.

—Tengo que abandonar la Abadía.

La hermana O no se movió. Esperaba que se enojase, esperaba ver la decepción en su rostro. Hablé lo más deprisa que pude y vertí todas las palabras antes de que me diera tiempo a cambiar de opinión.

—Este es el lugar más querido para mí en la tierra. No puedo pensar en nada más maravilloso que pasar toda mi vida aquí estudiando, leyendo y enseñando. Pero no sería lo correcto. Hermana

O, no podemos aislarnos del mundo. Nos ha alcanzado, incluso aquí. Sería egoísta por mi parte quedarme en un lugar en el que me siento segura cuando podría usar todo lo que me habéis enseñado para hacer tanto bien. La gente en mi tierra natal está gobernada por la superstición y la ignorancia. Tan solo una fracción de lo que he aprendido podría salvarlos del hambre y las enfermedades. Podría cambiar la visión que las mujeres y los hombres tienen de sí mismos, la que tienen los unos de los otros. Podría abrir una nueva ventana al mundo. Debo volver a casa y ver qué puedo hacer por mi pueblo.

La hermana O y Madre me escucharon en silencio. Luego la Madre se inclinó hacia mí:

—La Anciana te ha dado una gran sabiduría para ser tan joven.

La hermana O se volvió hacia ella, casi enfadada.

—¡Pero el coraje es suyo y de nadie más!

La hermana O me llevó ayer por la mañana al patio del templo. Fuimos temprano, antes de que las hermanas o las novicias se despertaran para saludar al sol. El astro aún no había salido y olía como suele hacerlo nuestra isla en las mañanas de verano: al calor del día anterior aún persistente en las rocas, a orégano silvestre y a ciprés, a rocío y a algas. Un koan voló decidido en línea recta sobre nosotras, lanzando un grito breve y solitario. Nos quedamos la una junto a la otra sin decir nada, mirando, no hacia el mar, sino hacia las casas y tejados de la Abadía. De la chimenea de la Casa del Fuego Sagrado salía humo. La hermana Ers se levanta temprano.

Los primeros rayos del sol asomaban por encima de la Dama Blanca, dando un lustre dorado al cielo y a la cima de la montaña. Me di cuenta de que nunca había saludado al sol desde el patio del templo y de que nunca lo haría. Que nunca sería una hermana, que nunca estaría aquí con las demás ejecutando esos movimientos que ya me eran tan familiares. Parpadeé varias veces y me di la vuelta. La hermana O me puso una mano en el hombro y me giró hacia el sol de nuevo.

—Maresi —dijo con una voz más áspera de lo habitual—, mira. Este es el otro lado de la muerte. La vida. Un lado que es aún más fuerte.

Guardó silencio un momento mientras juntas veíamos que el mundo estallaba en luz al salir el sol por la montaña. Se volvió hacia mí:

—Sé el sacrificio que estás haciendo. Aunque pienses que nadie lo entiende, yo sí.

Sacudí la cabeza. Entonces me levantó la barbilla con la mano para que la mirara a los ojos. Tenía las mejillas húmedas de lágrimas, pero la voz seguía siendo firme.

—Yo no fui capaz de hacer ese sacrificio, Maresi. Elegí quedarme aquí. Elegí la seguridad, los libros y el conocimiento. Lo que la Anciana me ofrecía era una tentación demasiado grande. Le di la espalda al mundo. Pero tú has visto que eso no es posible, que el mundo se entromete allá dondequiera que estés y que es de cobardes tratar de esconderse. Eres mucho más sabia que yo, pequeña Maresi.

Le cogí la mano y la apreté contra mi mejilla. Ella me sonrió y se secó las lágrimas con la otra mano:

—Siempre estás pensando en las demás. Tu camino no será fácil, te preocupas demasiado por tus congéneres. Eso es lo que te hace única. Haré todo lo que esté en mi mano para proporcionarte todo el bagaje posible. He hablado con la Madre. —Su sonrisa se ensanchó—. Eres aún demasiado joven para dejarnos. Tienes que aprender más, en todos los campos de estudio, antes de volver a casa. Tendrás la oportunidad de aprender lo que quieras. La hermana Nar puede transmitirte sus conocimientos sobre hierbas y métodos de curación; la hermana Mareane, sobre la cría de animales; la propia Madre, sobre plata y números; la hermana Loeni, sobre los secretos de la Sangre.

Soltó una risa ahogada al ver mi gesto perplejo.

—Tienes mucho que aprender de ella, Maresi.

No supe qué decir. Era demasiado maravilloso, demasiado increíble. Nunca he oído hablar de nadie que tenga la ocasión de aprender tanto de todo. Hará que me sea mucho más fácil regresar a mi tierra, fundar la escuela que ahora sueño con dirigir en mi verde valle.

Oí que abajo se abría la puerta de la Casa de las Novicias. La Abadía empezaba a despertarse, pronto las hermanas acudirían en tropel al patio del templo. La hermana O, sin embargo, no había mencionado lo más importante. Le apreté la mano, el labio inferior me temblaba.

De pronto, su sonrisa se suavizó, me acercó y me estrechó contra su cuerpo huesudo:

—Maresi —murmuró sobre el pañuelo de mi cabeza—. Serás mi novicia. La novicia del conocimiento. De la Anciana. Mientras pueda tenerte en la Abadía, serás mi niña.

La abracé con fuerza. Me siento la más feliz de todas las jóvenes que jamás hayan encontrado cobijo aquí, en la Abadía. Este lugar que tanto me ha dado y que aún tiene mucho más que ofrecerme.

Con esto he puesto negro sobre blanco todo lo que soy capaz de recordar. Durante largos días, he estado en los aposentos de la hermana O escribiendo, utilizando la misma pluma que tantas veces le he visto usar a ella. En el dedo llevo un obsequio suyo: un anillo con forma de serpiente que se muerde la cola.

Jai y Ennike se han turnado para traerme comida, pero a nadie más se le ha permitido interrumpir mi tarea. El resto del tiempo, mis dos únicas compañías han sido la luz que entraba en la estancia y el roce de la pluma contra el áspero papel. Desde fuera me han llegado todos los ruidos de la Abadía: la risa de las pequeñas novicias, el balido de las cabras, las pisadas de las sandalias en los adoquines, el canto de las aves marinas. No ha faltado ninguno de los ruidos que pertenecen a nuestra vida aquí. El silencio que se cernió sobre la isla cuando los hombres desembarcaron en ella es ahora solo un recuerdo, el cual espero me deje en paz una vez lo haya plasmado en estas páginas.

Por las noches he dormido sin sueños, la oscuridad que me ha rodeado y que habita en mí ya no me asusta. La Anciana no ha venido a llevarme con ella. Todavía no. Y, aunque aún temo el momento en que por fin lo haga, estoy convencida de que lograré superar ese miedo. La hermana O me ayudará a ello, junto al resto de mis amigas en la Abadía. Creo que si no temes a la vida, si la asumes con todo tu corazón, a la larga tampoco puedes temer a la muerte. No son más que las dos caras de una misma moneda. Un día me entregaré a la Anciana y ella me mostrará todos sus misterios. Una pequeña parte de mí aguarda ese instante con curiosidad, tal vez con expectación. Acaso todo mi ser lo vea así cuando la puerta se abra de nuevo. Pero primero debo vivir, aprender y usar mis conocimientos de tal manera que la Anciana pueda estar orgullosa de mí cuando nuestros caminos se crucen.

Me alegro de que la hermana O me impulsara a escribir mi historia. El acto en sí me ha dado paz; mover la pluma sobre el papel, ver mis experiencias convertidas en palabras. Ya siento incluso que, conforme escribo, lo ocurrido se está convirtiendo en un mito, en una leyenda, en una de las muchas historias que rodean a la Abadía Roja. También es como si no hubiera sido consciente de todo lo que he pasado hasta que lo he puesto por escrito. Ahora lo entiendo un poco mejor, aunque también lo siento más lejano. Como si le hubiera ocurrido a otra persona, a una muchacha llamada Maresi, la que abrió la puerta de la Anciana, y no a mí, la novicia Maresi de Rovas. No se me ocurre otra forma de explicarlo. Esta noche, la hermana O y yo iremos juntas a colocar en la Cámara del Tesoro el libro que contiene mi relato, entre los demás escritos que narran los acontecimientos cruciales de la historia de la Abadía. Me resulta extraño imaginarme mis palabras junto a esos libros que tantas veces he leído, pero la hermana O dice que ese es su lugar. Y eso me llena de orgullo. Mis palabras, las palabras de Maresi, vivirán en la biblioteca de la Abadía durante siglos, seguirán ahí mucho después de que yo me haya ido. Es un pensamiento que hace que me estremezca, igual que cuando contemplo el cielo nocturno sembrado de estrellas.

Así que esto es lo que ocurrió cuando Jai llegó a la Abadía Roja en el año decimonoveno del mandato de la Trigésima Segunda Madre, cuando la Anciana me habló y las mujeres desataron una tormenta con sus peines de cobre. Esto es lo que ocurrió cuando la isla de Menos envió un mensaje para advertir del desembarco de unos hombres desconocidos, cuando la Rosa se sacrificó por sus hermanas y cuando yo, la novicia Maresi de Rovas, abrí la puerta de la Anciana.

APÉNDICE A LA HISTORIA DE LA NOVICIA MARESI

De nuevo me encuentro sentada a la mesa de la hermana O, escribiendo. La misma mesa que durante los últimos tres años ha sido mía también. Los mismos útiles de escritura. ¿Y yo? ¿Soy yo la misma? ¿Acaso el tiempo nos cambia de tal forma que nos convertimos en otras personas con el paso de los años? Acabo de leer lo que escribí después de que los hombres desembarcaran en la isla; me resulta extraño haber sido yo quien viviese todo aquello, pues lo siento muy lejano. Sin embargo, sé que lo ocurrido conforma una parte indisoluble de quien soy ahora.

Es el momento de partir. Solo el hecho de poner por escrito estas palabras supone para mí un esfuerzo indecible, aunque menor que el de reflexionar sobre lo que implican. No es que no me halle capacitada. Toda la Abadía ha dedicado estos años a prepararme. He recibido más clases que cualquier otra novicia y he sudado sangre estudiando y aprendiendo de todas las hermanas. Se me ha permitido leer los pergaminos secretos de la Casa de la Luna, a los que pocas tienen el privilegio de acceder. He pasado incluso un otoño en la Dama Blanca. Aunque no debo revelar nada de eso, me limitaré a decir que allí descubrí qué fue lo que me ayudó a saltar la muralla en aquella ocasión en que me creí transportada por los pájaros. Por supuesto que todavía me queda mucho por aprender, el camino del aprendizaje no termina nunca, pero he alcanzado la madurez suficiente como para emprender mi viaje.

El hambre me trajo aquí a la Abadía, en el sentido literal, el hambre que provoca la falta de alimento. Temo volver a pasar hambre, si bien ahora es mi avidez de conocimiento lo que temo no poder saciar. Aquí en la Abadía están los libros, aquellos que pueden seguir instruyéndome. ¿Cómo voy a satisfacer mi apetito sin ellos? La Madre dice que el mundo tiene mucho que enseñarme, conocimientos que ningún otro maestro puede transmitirme, saberes que no están en los libros. Sé que está en lo cierto. Pero también sé que la sabiduría de la que habla es más difícil de adquirir, que tendré que pagar por ella un precio que aún no conozco. Prefiero aquella que los libros me brindan sin pasarme factura.

Jai ha estado muy ocupada desde que se convirtió en novicia de la hermana Nummel el verano anterior. Tres nuevas pequeñas llegaron a la isla el otoño pasado y las tres quisieron ponerse bajo la tutela de Jai. A pesar de eso, ella ha empleado todo su tiempo libre en confeccionar los ropajes que voy a necesitar fuera de la Abadía: túnicas, polainas, pañuelos para la cabeza. He decidido seguir vistiendo como una novicia y no como se acostumbra en Rovas. Después de todo, voy a ser distinta y a apartarme de la norma haga lo que haga, y creo que el atuendo monástico me dará cierta seguridad. La ropa ya está metida en un saco junto a unas ramitas de lavanda seca. Jai la empaquetó ella misma ayer; dice que yo soy poco práctica a la hora de hacer el equipaje: «Si por ti fuera, llenarías la alforja de libros», resopló sacudiéndose de encima unas fragantes flores de lavanda. Tiene razón. Pero no puedo llevarme demasiados conmigo. Cuando volví a quedarme sola en el dormitorio, abrí el saco y me llegó un aroma a lino, jabón y lavanda. El aroma de la Abadía, el aroma de mi hogar. Un aroma que me va a ser más valioso que cualquier libro.

Aparte de las demás prendas, Jai me ha hecho en secreto una capa de lana color rojo sangre. Toulan tiñó el hilo durante la última cosecha de caracoles y Ranna e Ydda, que son hábiles hilanderas, tejieron la tela. Pero luego Jai se puso a coser cada puntada ella misma, no dejó que nadie la ayudara. Me dio la capa una tarde en la que departíamos bajo el limonero, como de costumbre, evitando mirarme a los ojos:

—Para las noches frías de Rovas. —Se limitó a decir, contemplando el mar. Ha empezado por fin a creer en la existencia de la nieve.

—Pero, Jai... —Fue lo único que me salió en respuesta.

Entonces le cogí la mano y se la estreché, como ella hacía conmigo las noches en que la oscuridad me asustaba. Sé que recordaba aquellas madrugadas, igual que yo. Y entonces caí en la cuenta de que a partir de entonces no tendría a nadie que me cogiera de la mano y me ayudara a conciliar el sueño.

La capa es demasiado valiosa para alguien como yo, pero fue decisión de la Madre que me fuera entregada:

—Aún eres muy joven. La capa te dará el respeto que mereces. Nadie se atreverá a contradecir a una mujer que lleve una prenda como esta, por joven que sea.

Estas fueron sus palabras ayer, cuando me llamó a sus aposentos en la Casa de la Luna para despedirse.

—Rovas es un estado vasallo —respondí tocando con los dedos el forro de seda que Jai había cosido con puntadas tan pequeñas que ni siquiera se veían—. No podemos promulgar nuestras propias leyes. No se nos permite educar a nuestros hijos. Los gobernantes de Urundia quieren mantenernos en la ignorancia. No sé cómo voy a hacer para fundar la escuela.

La Madre enarcó las cejas:

—¿Creías que tu misión iba a ser fácil? —Me miró con severidad—. Maresi, ahora has de seguir tu propio camino. Pero has de saber que confío plenamente en ti.

Luego esbozó una de esas sonrisas pícaras que rara vez se ven en ella y que la hacen parecer una joven novicia.

—Heo, trae mi bolsa.

Heo me sonrió con orgullo y abrió una de las puertas casi imperceptibles que había a espaldas del escritorio de la Madre. Puertas que esconden secretos. Heo es ahora la novicia de la Madre. La novicia más joven jamás elegida para la Casa de la Luna. ¡Cómo no nos dimos cuenta nada más verla de que no podía ser de otro modo! Nos dejamos engañar por su carácter juguetón y por su alegría desenfrenada, sin apreciar que detrás de todo eso había en su persona una dignidad sin parangón. No es casualidad que fuera ella quien me retuvo a este lado de la puerta de la Anciana.

Heo sacó una faltriquera de cuero grande y pesada y se la entregó a la Madre, quien la sopesó en la mano antes de tendérmela:

—Esto te abrirá muchas puertas. Puertas que de otro modo estarían cerradas.

Miré dentro del saco: se hallaba colmado de monedas de plata pura, no se veía ni una sola de cobre. Al haber sido pupila de la Madre durante varias lunas, sabía que aquello equivalía a los ingresos anuales de la Abadía.

—Madre... Es demasiado.

—No durará mucho —resopló ella—. Cuando se te acabe, tendrás que apañártelas nada más que con la agudeza de tu ingenio. Y con esto.

Alargó la mano y Heo puso algo en ella: un peine. Un gran peine de cobre brillante.

—La Rosa me pidió que te diera esto como regalo de despedida. Ella misma lo ha pulido.

Ahora la Sierva de la Rosa es Ennike. Deberíamos dejar de llamarla Ennike, pero a Jai y a mí nos cuesta recordar su nuevo título. Eostre, su predecesora en el cargo, siempre nos corrige con severidad:

—¡Cómo va a asumir su papel si insistís en recordarle el pasado!

Siempre asentimos con gesto serio, pero, en cuanto aparta la mirada, nos ponemos a hacerle cucamonas a su hija Geja, hasta que la pequeña revienta de risa. Es una niña regordeta, alegre y fuerte. Cuando la miro pienso en Anner, en lo débil que era. Si hubiéramos sabido más, si hubiéramos tenido nociones de nutrición y curación, podríamos haberle dado un mejor comienzo. Quizá entonces habría sobrevivido al Invierno del Hambre. Esa es una de las razones por las que siento que debo volver a casa. Los conocimientos que he adquirido aquí en la Abadía pueden salvar vidas.

Eostre no pudo continuar como Sierva de la Rosa después de alumbrar a Geja. No fue por las cicatrices que le dejaron las puñaladas del hombre sin dedos. La propia Eostre ha dicho que se alegra de que él la atacara. Gracias a eso, su sangre quedó impregnada en la daga, y se mezcló con la de la Madre y la mía, de manera que la puerta de la Anciana se abrió. Las heridas causadas por el puñal eran superficiales, el propósito del sicario no había sido matarla, sino infligirle dolor y desfigurarla. Pese a ello, Eostre sigue siendo hermosa, ninguna cicatriz en el mundo puede esconder su belleza. Geja le ha cambiado la vida, la ha hecho participar de otro de los misterios de la Primera Madre. Creo que más adelante se convertirá en Sierva de Havva, pues una mujer que ha dado a luz está cerca de ella. Mas para eso ha de esperar a que la pequeña crezca un poco más; de momento, Eostre es la madre de Geja y nada más, y eso le sienta bien. Se la ve feliz. Aunque cansada.

Contemplé el peine sobre la mano de la Madre. Pensé en el esfuerzo que debía de haber hecho Ennike al pulirlo para dejarlo así de reluciente. Recordé que yo había sido su sombra nada más llegar aquí, ella fue mi primera amiga. ¿La volvería a ver alguna vez? ¿Volvería alguna vez a ver a alguien de aquí?

—El peine es la protección de la Abadía —repuse despacio—. Lo necesitáis.

—Deja de negarte a aceptar todos los obsequios. —Heo frunció el ceño—. Queremos que sean para ti. Tú también vas a necesitar protección. Tú y todos tus nuevos alumnos cuando los tengas… y les cojas cariño.

Apretó los puños al decir esto último.

Rodeé el escritorio y le eché los brazos al cuello. Ella, aunque rígida y con expresión abatida, se dejó abrazar.

—No les tendré tanto cariño como a ti, espero que lo sepas —le susurré en el pelo. Olía a sol y a mar. Olía a Heo—. Te escribiré a menudo. Siempre que encuentre a alguien que traiga las cartas aquí, al sur. ¿Me prometes que me escribirás tú a mí también?

—¿De verdad tienes que marcharte, Maresi? —Su cuerpo se ablandó y me rodeó la cintura con los brazos—. ¡Te voy a echar tanto de menos! Ya te echo de menos.

Se secó la nariz sollozante en mi túnica. Yo tuve que tragar saliva varias veces antes de poder contestar. ¡Había tantas cosas que quería decir!

—Yo también te echaré de menos. Muchísimo. Pero tengo que irme, no me queda otra opción.

La abracé durante un buen rato. La Madre me miró por encima de la cabeza de Heo:

—No te aflijas, Maresi. Cuando algo nuevo empieza, el pasado tiene que quedar atrás. Pero eso no significa que se pierda para siempre.

Entonces se encendió en mí una esperanza. La Madre ve cosas en sus trances, es capaz de predecir el futuro. Apenas abrí la boca cuando ella negó con la cabeza:

—Nunca es bueno saber demasiado sobre lo que está por venir. Entre los regalos que puedo hacerte no se incluye tu propio destino. Te hemos dado lo que está en nuestras manos. El resto ahora depende de ti.

El resto ahora depende de mí. Nunca he tenido tanto miedo como en estos momentos. Ni siquiera en la cripta, frente a la puerta de la Anciana.

Mañana al amanecer vendrá a recogerme un pesquero valleriano. En él navegaré hasta Muerio, la misma ciudad donde por primera vez vi el mar. A continuación, dejaré el océano a mis espaldas y me encaminaré tierra adentro, rumbo al norte. La Madre me ha procurado transporte para la primera etapa; luego tendré que buscarme la vida. Todas las hermanas y novicias han prometido acompañar mi travesía con su canto. Apostadas en los patios de la Abadía, cubriendo sus escalones, cantarán cuando yo suba al barco y su cantar me llevará mar adentro. Será como la Danza de la Luna, aunque esta vez no podré darme la vuelta en el centro del laberinto para regresar con ellas. Esta vez habré de seguir avanzando, hasta dejar de verlas, hasta dejar de oír su voz. La voz de mis amigas. De mi familia.

Esta última noche dejaré que se seque la tinta de mis palabras y después devolveré el libro con mi historia a la Cámara del Tesoro. Sí, todavía la llamo así. Ni siquiera la seriedad de la hermana Loeni ha podido disipar mi infantil entusiasmo ante los tesoros que encierran los libros de la Abadía. Entonces apartaré a Ennike —quiero decir, a la Rosa— de sus quehaceres y ayudaré a Jai a escapar de las tareas que le ha encomendado la hermana Nummel, luego nos sentaremos las tres juntas en el Jardín del Conocimiento y conversaremos por última vez. Ellas son mis hermanas, aunque yo nunca vaya a ser una hermana aquí. No sé cómo voy a arreglármelas en el mundo exterior sin sus risas y sin su amistad. Pero así debe ser.

Esta noche habrá una fiesta de despedida en la Casa del Fuego Sagrado. Allí nos reuniremos hermanas y novicias; ya percibo el tentador aroma del pan nadum. Eostre me ha prometido traer a Geja y dejarla quedarse con nosotras mientras se mantenga despierta. El pelo claro y los ojos curiosos de la pequeña serán la imagen que lleve conmigo como recordatorio de que la vida continúa. Pues, pase lo que pase, la vida encuentra la manera de continuar.

Será una fiesta inolvidable. Me cuesta creer que se celebre en mi honor, la niña campesina que llegó hace tan solo siete años a este lugar, la que lamía puertas y no sabía cómo comportarse. Después de la cena, bajaré a la cripta, le haré una ofrenda a la Anciana y les daré las gracias a los huesos de las Primeras Hermanas.

Por último, en la postrera hora del día, la hermana O y yo nos sentaremos juntas en el patio del templo y veremos el sol ponerse sobre el mar.

AGRADECIMIENTOS

Gracias a Travis, por escucharme; a Mia, por leerme; y a Visby, por asistirme en el parto de esta criatura.

Gracias a mi madre, por creer en mí desde el principio e infundirme el coraje de atreverme a escribir.

Y, por último, pero no menos importante, gracias a Sara, por apoyarme siempre, por detectar siempre los puntos débiles de mis textos y por señalármelos siempre con tanto tacto.

Este libro se terminó de imprimir
en el mes de junio de 2023.